A·W· Benedict

Beanstock

Die Barke des Teremun

Bibliografische Information der Deutschen Nationalbibliothek:
Die Deutsche Nationalbibliothek verzeichnet diese Publikation in der Deutschen Nationalbibliografie; detaillierte bibliografische Daten sind im Internet abrufbar

Umschlaggestaltung: www.wolf-photoart.de

Korrektorat: BoD - Books on Demand

© 2019
Herstellung und Verlag: BoD – Books on Demand, Norderstedt.

ISBN - 9783749451555

„KENNT DER NIL DEIN GEHEIMNIS — SO WIRD ES BALD IN DER WÜSTE
BEKANNT SEIN."

Arabisches Sprichwort

Teremun

Der Junge stand unschlüssig zwischen den hohen Säulen und blickte durch die langen zarten Vorhänge in den Schlafraum. Wind kam auf und bewegte den leichten Stoff vor seinen Augen. Der schwere Duft von Räucherwerk lag in der Luft.

„Komm näher, mein Kind, ich kann dich nicht erkennen." Die brüchige Stimme schien von weither zu kommen.

Die Hand des Pharao erhob sich und verweilte zitternd in der Luft, bevor er sie kraftlos zurück auf die Bettstatt sinken ließ.

Der Angesprochene ging langsam auf die liegende Gestalt zu.

Noch niemals hatte er seinen Pharao so erlebt. Der große Mann war stark und mächtig gewesen. Sein Einfluss hatte weit gereicht. Der junge Mann hatte zu ihm aufgesehen. Er war wahrlich ein Gott auf Erden, der unter ihnen wandelte wie Aton selbst.

Und nun lag dieser mächtige Mann schwer atmend auf dem Totenbett. Alle hatten ihn verlassen. Er war allein, einsam in den letzten Stunden. Die geliebte Frau war vor Zeiten von ihm genommen worden. Sie konnte keinen Trost mehr spenden.

Er hatte nach ihm geschickt, nur nach ihm. Das war die größte Ehre, die man einem Gefolgsmann erweisen konnte.

„Setz dich zu mir, ich will nicht so laut reden in diesen schweren Zeiten", sagte der Pharao.

Der junge Mann, ein schlanker Junge von vielleicht sechzehn Jahren, setzte sich neben seinen Herrn auf den Boden.

Seine tiefschwarzen Haare trug er lang, entgegen der aktuellen Mode, ohne die kleinen Schmucksteine im Haar, ohne Öl und Glanz. Seine Kleidung erschien unscheinbar, einem Diener des großen Pharao nicht angemessen. Braun der Kittel über einem hellen Unterkleid und mit einem ledernen Gürtel. Der kleine Dolch, ein Geschenk seines Herrn, verborgen unter dem Kleid. Er fiel niemals auf und das war von Vorteil für ihn und für den Pharao gewesen.

„Hast du es vermocht zu tun, mein Junge?", fragte der Mann mit leiser Stimme und drehte sein blasses Gesicht dem Jungen zu.

Der Junge ergriff die Hand seines Königs und drückte sie leicht. Der Pharao ließ es geschehen. Es machte keinen Unterschied mehr aus, dass es den Dienern nicht erlaubt war, den großen König zu berühren, vor allem nicht so vertraut.

„Es ist alles nach Euren Vorstellungen bereitet, mein König. Ihr könnt Euch mit Ruhe und Zufriedenheit auf den Weg machen. Aton wartet auf Euch."

„Zeig es mir noch einmal. Ich will ihn ein letztes Mal sehen. Du weißt, was du mit ihm machen musst. Niemand darf ihn jemals finden. Dann wäre alles umsonst gewesen." Ein Hustenanfall ließ den Körper des Königs zusammenzucken. Der Junge sah ihn besorgt an. Dann griff er in seine Kleider, nicht ohne vorher einen Blick in die Runde zu werfen, ob man wirklich allein war. Nichts rührte sich in dem Gemach. Vor dem Fenster blies der heiße Wüstenwind Myriaden von Sandkörnchen vor sich her.

Die Priesterschaft hatte sich im Tempel versammelt.

Die Zeit der Spione war vorbei.

Endlich wurden sie diesen aufsässigen König los und man

konzentrierte sich bereits auf den neuen Pharao, einen leicht zu beeinflussenden Knaben, kaum der Wiege entwachsen. Wer wusste schon, ob das Kind jemals regieren würde?

Der Junge hielt den Käfer vor die Augen des Sterbenden.

Der goldene Skarabäus funkelte im Sonnenlicht. Auf der Vorderseite erkannte der König seinen Namen, und als sein Freund ihn herumdrehte, sah er den Nil, den Vater aller Flüsse, den Bewahrer des Lebens, den Ernährer des Volkes am Nil.

„Solange der Vater Nil durch unser Land fließt, so lange Gott Aton am Himmel wacht, so lange wird auch Ägypten wachsen und gedeihen. Merk dir das, Teremun. Nun verwahre ihn gut am Herzen. Dort gehört er hin."

Ein weiterer Hustenanfall schüttelte den König.

„Und nun erzähl mir davon, ich möchte es noch einmal hören, bevor ich meine Reise antrete."

Der Junge rutschte noch etwas näher heran und flüsterte in das Ohr des Pharao.

„Den Eingang bildet ein langer Gang mit sechs tiefen Nischen an den Seiten. Dort stehen die Statuen, aus Stein gemeißelte Zeugen Eurer Taten. Dann tritt man in eine offene Halle mit Säulen, die unsere Lotuspflanzen verkörpern, hoch und vielfarbig mit goldenen Blüten. In der Mitte erhebt sich der Altar. Opfergaben werden dort stehen, zu Ehren des gottgleichen Königs.

Man gelangt durch einen Durchgang zu einer Treppe, die zu einem weiteren Raum führt. An den Seiten kostbare Hieroglyphen mit Gold unterlegt und Lapislazuli verziert.
In diesem Raum stehen die Goldstatuen Eurer Hoheit.
Im Mittelpunkt erhebt sich die große Sonne, in der Decke

eingelassen strahlt Gott Aton, der Erhalter der Menschheit, über allem.

Im Süden, wo die Sonne erscheint, führt ein langer Gang in einen weiteren Raum. Hier stehen die Gegenstände, die Euch, wenn Ihr aus dem Totenreich zurückkehrt, das Leben süß werden lassen, Amphoren mit Honig, süßem Wein aus den fernen Landen, Brot und Obst aus den Gärten des Nils. Eure Bettstatt, mit weichen Kissen aus den Werkstätten der besten Färber und Näher, Euer Thronsessel aus dem Bechen-Stein des Wadi Hammamat mit goldenen Schnüren ummantelt, warten auf Euer Erscheinen. Im Westen ist die Tür, durch die Eure Seele aus dem Jenseits ins Diesseits wechseln kann.

Gegenüber gelangt man durch einen Torbogen aus Lotosbündelsäulen in eine Halle. Der Sarkophag in der Mitte ist Eure Heimstatt. Aus Alabaster geschlagen in den Steinbrüchen Ägyptens von den besten Steinmetzen, reich verziert die Seiten, berichten sie von Euren glorreichen Taten im Diesseits.

Ein weiterer Durchgang bringt Euch zu dem Höhepunkt Eures Grabmals, die goldene Barke, das Boot für die Reise ins Jenseits. Sie ist größer als alle anderen Königsbarken. Ich persönlich habe sie gebaut, nach Euren Vorstellungen. In ihr befinden sich alle Schätze des Pharao und seiner Gemahlin. Sie erwarten Euch."

Der König war still geworden. Kein Husten schüttelte ihn. Sein Gesicht wirkte zufrieden und entspannt. Ein leichtes Lächeln umspielte die Lippen.

Sein großes Vorbild, sein König, war tot.

Teremun sah sich aufmerksam um im Raum. Vorsicht war geboten, vor allem jetzt.

8

Er flüsterte dem toten Pharao die allerletzten Worte ins Ohr.

„Mein Herr wird niemals in diesem Sarkophag liegen und das wisst Ihr, mein König. Aber ich werde an jedem Tag, den Aton mir vergönnt auf Erden, Euren Namen sagen. Dann werdet Ihr auferstehen und wir sehen uns wieder. Wenn ich Euch jetzt verlasse, werde ich fortgehen aus dieser Stadt. Ich werde alles versiegeln und ich werde dieses Geheimnis bewahren, das ist mein Versprechen.

Ohne Euren Körper im Grab wird niemand an diesem Ort danach suchen. Es wird auf ewig ein Geheimnis zwischen Euch und mir sein, mein großer Pharao. Wir werden uns wiedersehen und dann wird das Reich Atons ewig dauern. Verzeiht Eurem Untertan."

Dann zog er den kostbaren Dolch aus seinem Gewand. Noch eine Sache musste er für Echnaton und dessen unsterbliche Seele tun.

Er bückte sich zu dem Gesicht, küsste die Stirn des Königs und verschwand aus dem Palast und aus der Stadt, sicher verwahrt das Herz seines Pharao in einer irdenen Deckelvase. Niemand hörte jemals wieder etwas von dem jungen Gefolgsmann des Pharao.

Leise bewegten sich die zarten Vorhänge im Wind.

Der Schein der untergehenden Sonne lag auf dem Antlitz eines Toten, der so lange Zeit die Geschicke eines riesigen Reiches gelenkt hatte. Der Duft von Räucherwerk verbreitete sich.

Der Pharao war wieder allein in seiner Halle aus Stein.

Die Priesterschaft machte sich halbherzig an die Bestattung und Mumifizierung des toten Königs, um dann sofort wieder den alten Glanz der vielen Götter am Nil zu verkünden. Die

Stadt, vom Pharao mit viel Mühe aufgebaut, verfiel. Man verlegte den Herrschersitz zurück nach Memphis.

Und bald schon geriet die ganze Geschichte in Vergessenheit.

Bis eines Tages ein Archäologe eine Mumie in einem der abgelegenen Felsengräber fand, die zwischen den Handwerkern der Pharaonen bestattet worden war, auf ihrem Herzen unter Lagen brüchiger Binden einen Herzkäfer. Damit trat der Skarabäus eine neue aufregende Reise an.

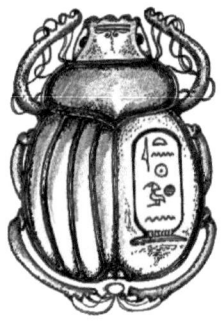

Ägypten

Die Aufgaben einer Zofe sind vielfältig und bedürfen ihrer ständigen Aufmerksamkeit. Nur so kann sie ihrer Ladyschaft vom Erwachen am Morgen bis zum Zubettgehen am Abend zufriedenstellend dienen. Ihre Ladyschaft muss zu jeder Zeit makellos gekleidet und frisiert erscheinen. Deshalb ist es eine der Aufgaben der Zofe, für angemessene saubere Kleidung und eine tadellose Frisur zu sorgen. Sie bereitet das Gepäck ihrer Ladyschaft bei kürzeren oder längeren Reisen vor. Ihr obliegt es, falls ihre Ladyschaft keine anderweitigen Instruktionen gegeben hat, angemessene Kleidung sowie persönliche Dinge in ausreichendem Maße einzupacken. Sie hat die Kontrolle über das Gepäck zu wahren und gegebenenfalls für eine ordentliche Unterbringung desselben in Zug oder Schiff zu sorgen.

Filomena Arbuckle hielt das goldfarbene Ding gegen die untergehende Sonne und bewunderte die schwungvollen Linien auf diesem billigen Schmuckstück. Ein Skarabäus. Eigentlich ein Mistkäfer, überlegte die Zofe von Lady Fedora Parsley und verzog leicht angewidert den Mund.

Es war der Tag vor Weihnachten und My Lady hatte ihr den Abend zur freien Verfügung gelassen. Er hatte sie zu einem Glas Champagner eingeladen, man stelle sich vor, sie, Filomena Arbuckle, saß mit einem eleganten Herrn auf der feinen Terrasse des Mena House Hotels, sah auf die berühmten Pyramiden und trank Champagner.

Mr Beanstock, der Butler ihrer Herrschaft, war zum Glück in England geblieben. Er hätte so etwas niemals erlaubt.

Und nun bekamen ihre Wangen kleine rosa Flecken vom Champagner und er hatte ihr lächelnd dieses Kleinod geschenkt. Das Duplikat eines Schmuckstücks, das man in einem Grab entdeckt hatte.

Seine schmeichelnde Stimme klang in ihren Ohren. Wie hübsch sie war, und dieser Käfer würde sie ewig an ihn erinnern und an die wundervolle Zeit in Ägypten. Es war sicher kein echtes Gold und die blauen Steine auf den Flügeln waren wohl auch nicht aus Lapislazuli, aber es war ein hübsches Andenken, mit dem sie auf Parsley Manor bei den Dienstboten Eindruck machen würde. Sie konnte schon die blitzenden Augen von Phillis, dem Küchenmädchen, vor sich sehen. Ein Lächeln erschien auf ihrem Gesicht.

Der elegante Herr neben ihr sah sie schmunzelnd mit halb geschlossenen Augen an. James Walton war nicht mehr ganz jung, stellte Filomena fest, seine lockigen Haare waren bereits angegraut. Aber er konnte so viele wunderbare Geschichten erzählen, von den Pharaonengräbern, von den Ausgrabungen im Tal der Könige und von den kostbaren Funden im Grab des jungen Königs Tutanchamun.

Die kleine Reisegruppe um den Baronet von Parsley hatte Dr. James Walton während ihres Besuchs der Pyramiden kennengelernt.

Er hatte ihnen von seinen Ausgrabungen in Sakkara berichtet, wo er mit dem bekannten Ägyptologen Thomas Garnet Henry James arbeitete.

Bereits am nächsten Tag würden Filomena und ihre Herrschaft Ägypten verlassen.

Die Reise hatte ein abruptes Ende genommen, als der britische Konsul, ein Freund seiner Lordschaft, des Lord of Southcoffelton, den dringenden Rat gab, nicht nach Kairo weiterzureisen.

Es waren unruhige Zeiten und Kairo war für Briten zu unsicher. König Faruk von Ägypten war nicht mehr an der Macht und das Militär hatte die Regierungsgeschäfte übernommen. Kairo brannte an vielen Stellen. Es war nicht ratsam weiterzureisen.

So einigte man sich, das nächste Schiff zu nehmen und die folgenden Tage in Venedig zu verbringen. Am Silvestertag würden sie wieder auf britischem Boden sein und die Damen der Reisegruppe hätten bis dahin genügend Zeit für ihre Einkäufe.

Dr. Walton erhob sich, griff zu seinem dunkelbraunen breitkrempigen Hut und setzte ihn mit einer geschmeidigen Bewegung auf seinen Kopf. Er hauchte Filomena einen Kuss auf ihren Handrücken und verbeugte sich.

„Meine liebe Miss Filo, ich hoffe auf ein Wiedersehen in Britannien. Entschuldigen Sie, aber die Pflicht ruft mich zurück nach Sakkara. Bitte empfehlen Sie mich den Herrschaften. Es war ein Erlebnis für mich, ihre Bekanntschaft gemacht zu haben."

„Müssen Sie denn wirklich schon gehen?", hauchte die Zofe errötend. Sie fand es wunderbar, wenn er sie Miss Filo nannte.

„Seien Sie gewiss, meine Liebe, ich bin genauso traurig wie Sie. Aber die Pflicht!"

Sie seufzte hörbar und zauberte dem Archäologen ein weiteres Lächeln in das Gesicht. Inzwischen hatte ein fahler

Mond die Sonne abgelöst und Sterne blinkten am wolkenlosen Himmel.

Filomena trank den letzten Schluck Champagner und ging auf ihr Zimmer.

Der Skarabäus lag auf ihrem Nachtisch und sie sah ihn im Mondlicht glänzen. Sie seufzte, nicht zum ersten Mal an diesem Tag. Das wäre doch mal ein Mann für mich gewesen, dachte sie bei sich.

In jener Nacht träumte sie auf einem goldenen Thron zu sitzen, neben sich Dr. Walton und auf ihrem Kopf eine Pharaonenkrone. Er beugte sich zu ihr und hauchte verliebte Worte in ihr Ohr.

Es kitzelte und sie musste kichern. Aber dann erwachte sie und bemerkte, dass jemand mit ihr sprach.

„Miss Arbuckle, bitte wachen Sie doch auf!", rief das Zimmermädchen in ihr Ohr und rüttelte an ihrer Schulter.

Filomena setzte sich in ihrem Bett auf. Die Morgensonne war bereits hoch am Himmel und versprach einen weiteren warmen Tag in Ägypten. Im ersten Moment war sich die Zofe nicht im Klaren, wo sie sich befand. Sie blickte das Zimmermädchen fragend an. Wurden denn Pharaoninnen von Zimmermädchen so früh geweckt?

„Miss Arbuckle, My Lady hat bereits mehrmals nach Ihnen gefragt. Das Gepäck muss vorbereitet werden und My Lady hat sich bereits angekleidet."

Filomenas Beine flogen aus dem Bett und sie lief hektisch im Zimmer herum. Der Schmerz in ihrem Kopf kam augenblicklich und mit Macht. Sie griff an ihre Schläfen und stöhnte.

Inzwischen war das Mädchen kopfschüttelnd gegangen.

Sie konnte diese komische britische Frau nicht verstehen. Wieder einmal, wie schon in den vergangenen Tagen, konnte sie den Angestellten des Mena House eine neue lustige Geschichte von der britischen Zofe erzählen. Vor ein paar Tagen war diese Zofe doch tatsächlich mit zwei verschiedenen Schuhen bei ihrer Lady erschienen. Und ein paar Tage davor hatte sie noch ihre Lockenwickler im Haar gehabt. Gestern hatte sie sich auf der Terrasse des Hotels mit diesem seltsamen Mr Walton getroffen. Dieser Herr war hier bereits bekannt, vor allem wegen seiner wechselnden Frauenbekanntschaften.

Das schöne alte Mena House Hotel war umgeben von Palmen und blühenden Gärten. Agatha Christie war hier bereits durch den Garten flaniert und hatte Worte zu ihrem nächsten Kriminalroman vor sich hin geflüstert.

Das traditionsreiche Hotel hatte schon viele interessante Gäste beherbergt, die Wert auf den atemberaubenden Ausblick legten. Die steinernen Pyramiden von Gizeh lagen direkt vor der Tür. Im Hotel fühlte man sich in den Palast eines arabischen Herrschers zurückversetzt. Eine ausgezeichnete Küche und eine Vielzahl von Angestellten umsorgten die Gäste mit typisch orientalischer Gastfreundschaft.

Lady Fedora stand in ihrem Zimmer an dem offenen Balkonfenster und blickte wehmütig auf die großen Grabstätten der Pharaonen. Die Reise war etwas anders verlaufen, als man sich vorgenommen hatte. Aber sie hatten die angestrebte Nilkreuzfahrt nach Abu Simbel unternehmen können und die Ausgrabungsstätte in Sakkara besucht. Der Besuch im nahen Kairo und dem wunderbaren Museum musste aufgegeben werden. Es war zu gefährlich, und das *Shepheards* Hotel, in dem sie Zimmer gebucht hatten, war nur noch eine Ruine.

Lady Fedora sah ihrer Zofe beim Packen zu. Vielleicht war es besser, dass man früher abreiste. Filomenas Zerstreutheit hatte hier ungeahnte Formen angenommen. Lag es vielleicht an dem seltsamen warmen Wetter? Irgendwie sehnte sie sich nach einem regnerischen Tag im guten alten England zurück. Lady Fedora nahm sich vor, nach ihrer Rückkehr einen Arzt zu konsultieren. So konnte es nicht weitergehen. Das sah sie nun ein. Ihr Mann, Sir Percival, hatte sie bereits mehrmals darauf hingewiesen, aber erst durch diese Reise hatte sie die Unzulänglichkeiten ihrer Zofe erkannt. Sie würde daheim mit der Hausdame Mrs Argyle beratschlagen, was man tun könnte.

Auf keinen Fall würde sie das Mädchen entlassen. Sie war schon sehr lange in ihren Diensten und hatte auf ihre holprige Art trotzdem immer alles zur Zufriedenheit erledigt.

Im Nebenraum standen bereits die Koffer Sir Percivals bereit. Der Butler des Lord of Southcoffelton hatte alle Belange der Reise wunderbar organisiert und es gab keinen Grund zur Klage. Trotzdem freute sich Sir Percival, bald wieder in der Obhut seines eigenen Butlers Beanstock zu sein. Er hoffte inständig, dass es ihm gut ging und er die Dinge in London klären konnte. Wenn sie in Venedig angekommen waren, würde er sofort versuchen, auf Parsley Manor anzurufen, und ihre Rückreise am Silvestertag anzeigen.

Es klopfte an der Zimmertür. Der Butler Henry erschien und beugte leicht den Kopf.

„Die Wagen stehen bereit, Sir. Darf ich den Hoteldienern erlauben, die Koffer zu holen?"

„Natürlich, Henry, danke."

16

Er drehte sich zu seiner Gattin um.

„Darling, können wir aufbrechen? Es ist ein langer Weg nach Alexandria zum Hafen. Unser Schiff geht um vierzehn Uhr nach Venedig."

Lady Fedora nickte ihrer Zofe zu und folgte ihrem Mann nach unten in die Lobby, während sich die Angestellten des Mena House um das Gepäck kümmerten.

Vor dem Haus warteten zwei Wagen. Der Hotelmanager persönlich verabschiedete die kleine Reisegruppe und entschuldigte sich zum wiederholten Mal für die Unannehmlichkeiten durch die Unruhen im benachbarten Kairo. Der letzte Blick fiel auf die Pyramiden. Lady Marjorie nahm den Arm Lady Fedoras und streichelte ihn zart.

„Irgendwann wird es besser werden. Dann kommen wir zurück und sehen alle Kostbarkeiten des Orients, meine liebe Fedora. Es kann nicht immer so unruhig in der Welt sein."

„Wenn du nur recht damit hättest, meine liebe Marjorie", sagte Lord Mortimer und zwirbelte seinen Bart dabei hingebungsvoll, „aber leider streiten sich die Menschen nun mal viel zu gern. Irgendwo auf der Welt hackt immer jemand auf seinem Nachbarn herum. Du brauchst dir nur einmal die wechselvolle Geschichte der Lords of Southcoffelton anzusehen. Es ist ein Wunder, dass es uns überhaupt noch gibt. Die haben sich doch schon in der Urzeit die Köpfe eingeschlagen."

„Das stimmt", gab nun auch Sir Percival seine Meinung kund. „In dem Moment, als der urzeitliche Lord Mortimer ein Stück Holz fand und eine schöne harte Keule daraus schnitzte, probierte er sie sofort an seinem Nachbarn in der Nebenhöhle aus und übernahm dessen Sippe und Besitz. Ich befürchte, der Mensch kann sich nicht mehr ändern, das liegt irgendwo tief in den Genen verborgen. Vielleicht gibt es sogar ein Kriegsgen, das sich aus den Urtagen der Erde bis heute in den Köpfen der Menschen eingenistet hat. Da gibt es noch viel zu erforschen für die Wissenschaft."

Telefonanruf aus Venedig

Mit einem leisen Knistern landete die Nadel auf der dicken Schellackplatte. Langsam und bedächtig erhob sich die Melodie und steigerte sich nach und nach. Der Butler Arthur Reginald Beanstock bewegte sich vor dem kleinen runden Spiegel an der Wand im Rhythmus der Musik. Seine rechte Hand kratzte dabei geschickt mit dem Rasiermesser über seine Wange. Ab und zu hielt er inne, schloss genüsslich die Augen und summte leise.

Die morgendliche Routine, er hatte sie vermisst. Nichts war der perfekten Erledigung der kommenden Tagesaufgaben mehr dienlich als morgendliche Routine.

Und dieser optimale Morgen wurde in diesem Moment unterbrochen. Es klopfte. Die Zeit für die erste Tasse Tee des Tages, serviert von Lizzy, dem neuen Hausmädchen, exakt um sechs Uhr dreißig, war noch nicht gekommen. Eine dicke Falte erschien auf Beanstocks Stirn. Dann öffnete sich auch noch die Tür zu seinem Zimmer, ohne dass er darum gebeten hatte. Ein dunkler Wuschelkopf erschien. Lucinda stand mit verschlafenem Gesicht vor ihm und rieb sich die müden Augen.

„Kommt dieser furchtbare Krach aus Ihrem Zimmer, Mr Beanstock? Es ist doch noch so früh. Was machen Sie denn?" Nun setzte sich das Kind auch noch in seinen Sessel, nahm sich die Decke vom Hocker und wollte sich damit zudecken. Vorsichtig nahm Beanstock den Tonarm von der alten Schallplatte, schob den Plattenteller zurück in seinen hölzernen

Kasten und schloss die mit wunderbar farbigen Intarsien versehene vordere Klappe. Er drehte den kleinen goldfarbenen Schlüssel im Schloss und steckte ihn, wie an jedem Morgen, in die rechte Westentasche. Aber er hatte diese Weste noch gar nicht an. Dieses Kind brachte bereits am ersten Morgen nach ihrer Ankunft seinen Haushalt durcheinander. Beanstock griff zu dem Schlüssel, der scheppernd auf den Boden gefallen war.

„Junge Dame, du bist nicht vorschriftsmäßig gekleidet, und du wartest in deinem Zimmer, bis Mrs Argyle dich holen wird. Dies ist das Haus der Baronets von Parsley und es gelten auch für dich Regeln. Wir werden uns heute damit beschäftigen, diese Regeln festzulegen, solange Sir Percival noch nicht anwesend ist. Geh nun in dein Zimmer und kleide dich an. Mrs Argyle wird dich bei deiner Garderobenauswahl gern beraten."

Das war ein langer Vortrag, und als der Butler sich nach Lucinda umsah, musste er feststellen, dass das Mädchen tief und fest eingeschlafen war. Er räusperte sich leise. Dann legte er die Wolldecke enger um das Kind, nahm seine Weste und sein Jackett und ging zur Tür. Vor der Tür traf er auf Lizzy, die mit einem kleinen Tablett zu ihm unterwegs war. Inzwischen hatte er sich korrekt angezogen.

„Mr Beanstock, Ihr Tee. Sie möchten ihn doch um diese Zeit in Ihrem Zimmer serviert haben. Oder hab ich das falsch verstanden? Dann entschuldige ich mich natürlich", meinte Lizzy mit einem schiefen Lächeln.

„Es ist alles in Ordnung. Sie haben nichts falsch gemacht, und ich hoffe, ab morgen wird sich auch dies wieder normalisieren. Das Kind kam und sagte etwas über meine Musik. Dann ist sie auf meinem Sessel eingeschlafen. Lassen wir das heute noch einmal durchgehen. Bitte servieren Sie mir den Tee unten in meinem Büro. Danke."

Lizzy konnte sich ein Kichern nicht verkneifen und lief dann, so schnell es ging, vor dem Butler nach unten.

Beanstock saß in seinem Büro, nippte an seinem Tee des Morgens, blickte aus dem Fenster hinaus in den verschneiten Garten und fühlte sich wohl.

Die letzten Wochen, als er sich mit dem Chauffeur Gonzales in London aufgehalten hatte, waren ereignisreich verlaufen. Er hatte den Tod seiner Freundin Hortensia Peachwood untersucht, war der *Daisy Chain* Organisation unter Mr Black behilflich gewesen, einen Serienmörder zu fassen, und letztendlich hatte er Lucinda Parish, ein Kind von zehn Jahren, mit zurück nach Parsley Manor gebracht, da ihre Großmutter schwer erkrankt war und niemand für das Kind da sein konnte. Luc, wie sie alle hier nannten, hatte sich in sein Herz gedrängt und es sich darin bequem gemacht.

Er konnte damals nicht anders und hatte Mrs Parish vorgeschlagen, für das Kind zu sorgen, bis es der alten Dame wieder besser gehen würde. Was würde Sir Percival von dem neuen Mitbewohner halten? Das galt es noch zu erwarten und Beanstock war sich noch niemals so unsicher gewesen.

Um Punkt sieben Uhr betrat er den Aufenthaltsraum für die Dienerschaft neben der Küche und blickte in die gespannten Gesichter der Hausangestellten. Er setzte sich. Phillis erhob sich und holte sein Frühstück, etwas Porridge mit einem aufgeschnittenen Apfel und etwas Zucker. Der Butler nahm sein kleines schwarzes Notizbuch und schlug es auf.

„Wenn ich zu Anfang bemerken darf, ich freue mich, wieder hier zu sein. Ich bin sehr zufrieden mit der Erledigung Ihrer Aufgaben in meiner Abwesenheit. Die Instruktionen des Tages, Mrs Argyle, das Kind braucht Regeln. Wir werden uns nach dem Frühstück mit ihr darüber verständigen. Ich bitte Sie, hinaufzugehen und sich um die angemessene Garderobe des Mädchens zu kümmern. Sir Percival und Lady Fedora werden erst am zehnten Januar zurückerwartet. Mrs Porkpie, Sie kümmern sich um die Einkaufsliste und legen diese Mrs Argyle zur Kenntnisnahme vor. Ich möchte Sie weiterhin bitten, einen Willkommenslunch für die Baronets sowie Lord und Lady Southcoffelton einzuplanen. Ich werde sicher noch genauer erfahren, wann wir sie zurückerwarten dürfen. Gonzales, der Bentley muss für die Abholung bereitstehen. Die Schlafzimmer müssen gereinigt und gelüftet werden. Lizzy, Sie kümmern sich darum, und Harrison, Sie sehen nach den Kaminen. Mr Herringbone, frische Blumen für den Empfangstag im Salon und im Schlafzimmer."

Die Hausdame Mrs Argyle bekam rosa Wangen. Sie war froh, Beanstock wieder im Haus zu sehen, und lächelte. Die Damen und Herren erhoben sich und gingen ihren Arbeiten nach, während Mr Beanstock sein Porridge genoss.
Wie er diese Routine vermisst hatte!

Das Telefon klingelte. Beanstock ging zu dem Telefon, das sich an der Wand zur Küche befand.

„Parsley Manor, der Butler Beanstock am Apparat. Was kann ich für Sie tun?"

„Mein guter Beanstock, wie bin ich froh Ihre Stimme zu hören!", kam es laut polternd von der anderen Seite des Hörers.

22

„Sir Percival! Lady Fedora und Lord und Lady Southcoffelton erfreuen sich hoffentlich bester Gesundheit? Was kann ich für Sie tun, Sir?"

„Wir sind alle wohlauf. Es ist sicher etwas früh in Parsley, aber ich versuche seit gestern Abend eine Verbindung nach England zu bekommen. Wir befinden uns im Monet Hotel in Venedig. Der Aufenthalt in Ägypten fand ein etwas schnelleres Ende. Ich werde später davon berichten. Ich möchte unsere Rückreise avisieren. Wir werden am Silvestertag mit der *Maid of Kent* von Calais nach Dover reisen und dort um elf Uhr ankommen."

„Sehr wohl, Sir Percival, wir werden alles zu Ihrer Zufriedenheit arrangieren."

„Guter Mann, Beanstock, ich habe nichts anderes erwartet."

Der Butler hatte kurz überlegt, die Sache mit dem neuen Mitbewohner anzusprechen, empfand es dann aber im Moment und am Telefon als unpassend. Er legte den Hörer zurück auf die Gabel und setzte sich an den Tisch zurück, um seinen Tee auszutrinken. Aus der oberen Etage rannten, wie ein prasselnder Regenguss, kleine Füße über die Treppe herab. Er ahnte bereits, wem die Füße gehörten.

Es gab viel zu tun.

Als Lucinda die Küche betrat, musste Beanstock feststellen, dass sie noch nicht vorschriftsmäßig gekleidet war.

Der Pullover, der wohl einmal rot gewesen war, hatte mehrere geflickte Stellen. Ihre Großmutter hatte sich viel Mühe gegeben und versucht, die Flickstellen mit kleinen gestickten Blumen zu vertuschen, die sich aber bereits erneut aufrebbelten. Dazu trug sie einen braunen Wollrock. Die Tatsache, dass das Mädchen keine passende Kleidung besaß, war ihm in London niemals aufgefallen. Dort hatten andere Probleme seine Aufmerksamkeit verlangt. Er erinnerte sich nur an diesen braunen Rock und einen dicken Wollmantel. Er vermutete, dass es ihrer Großmutter, Mrs Parish, schwergefallen war, etwas Kostengünstiges für das Mädchen zu erwerben.

Bevor die Baronets zurück sein würden, musste etwas unternommen werden. Der erste Eindruck war sehr wichtig.

Hinter dem Kind erschien die Hausdame und machte einen ratlosen Eindruck. Ihr war wahrscheinlich die fehlende Garderobe des Kindes auch aufgefallen.

„Luc, dein Frühstück steht bereit. Du kommst danach bitte in mein Büro. Wir werden ein paar Dinge besprechen, die deinen Aufenthalt hier betreffen. Mrs Argyle, die Baronets werden am Silvestertag zurückkommen. Ich erhielt soeben einen Anruf. Instruieren Sie bitte die Köchin dahingehend. Ich denke, es wäre angebracht ebenfalls das grüne Zimmer vorzubereiten, falls Lord und Lady Southcoffelton den Silvesterabend auf Parsley Manor verbringen möchten. Sprechen Sie bitte auch mit Mrs Porkpie die geänderten Zeiten ab und wir sollten ein Silvesterdiner einplanen. Danke."

Die Hausdame beugte sich leicht zu seinem Ohr und murmelte etwas.

„Ich habe die Kleidung bemerkt. Wir müssen etwas unternehmen. Reden wir in meinem Büro mit Lucinda", erwiderte der Butler leise.

Aber das Kind konnte sehr gut hören und rief nun aus der Küche, natürlich mit so vollem Mund, dass die Haferflocken herausflogen: „Luc und nicht Lucinda, der Name ist furchtbar, das wissen Sie doch, Mr Beanstock!"

Beanstock schloss kurzzeitig die Augen und sah bereits eine Katastrophe nach der anderen vor seinem inneren Auge. Aber die Hausdame lächelte milde.

„Machen Sie sich nicht so viele Sorgen. Es ist ein Kind und keine Packung Dynamit. Sie braucht einfach etwas Zuspruch, und bedenken Sie, dass sie bis jetzt nur ihre Großmutter hatte. Wahrscheinlich hat sie ihr, aufgrund des Verlustes der Eltern, zu viel durchgehen lassen. Das wird schon werden."

Beanstock und die Hausdame saßen im Büro des Butlers und besprachen gerade die nötigen Aufgaben bis zur Rückkehr der Baronets, als es leise klopfte.

Lucinda trat ein und Mrs Argyle bedeutete ihr, sich zu setzen. Das Mädchen machte ein schuldbewusstes Gesicht, blickte zum Boden und schien ihre auf und ab wippenden Füße zu beobachten.

„Luc, schau uns bitte an. Wir wollen ein paar Dinge mit dir besprechen, die deinen Aufenthalt auf Parsley Manor betreffen", begann die Hausdame.

„Wie hast du denn geschlafen? War alles zu deiner Zufriedenheit in deinem Zimmer oder benötigst du etwas?", fragte nun Beanstock.

Das Mädchen hob den Kopf und sah die beiden nervös blinzelnd an.

„Bekomme ich Schwierigkeiten? Mrs Porkpie hat schon gesagt, man soll erst reden, wenn der Mund leergeräumt ist. Es tut mir leid. Meine Oma meinte auch immer, dass ich zu spontan reagieren würde. Ich mag mein neues Zimmer sehr. Es ist viel größer als mein altes in London. Und ich kann aus dem Fenster den Garten sehen."

Mrs Argyle musste sich die Hand vor den Mund halten,

damit das Mädchen nicht sah, wie amüsiert sie war.

„Nun, Luc, ich bin sicher, dass du dich bald eingewöhnt haben wirst. Wir werden ein paar Aufgaben für dich finden. Dann können wir den Baronets deine Anwesenheit besser vermitteln. Was hältst du davon, wenn du die Aufsicht über Junior übernimmst? Dazu gehört die Fütterung, die Fellpflege und natürlich mehrmals am Tag ein Spaziergang mit dem Hund. Damit hättest du genug Zeit, auch deine schulischen Belange zu erfüllen. Im Moment haben die Schüler noch Ferien. Ich werde mich für dich um einen Platz in der Schule bemühen. Du hast doch deine Schulsachen mitgenommen, nicht wahr?", fragte der Butler vorsichtig.

„Meine Schulbücher habe ich eingepackt. Meine Uniform hab ich vergessen", flüsterte das Kind.

Dann lächelte Lucinda.

„Um Junior würde ich mich so gern kümmern. Das kann ich ganz bestimmt gut. Versprochen, Mr Beanstock."

Beanstock räusperte sich kurz.

„Ab morgen wirst du um sieben Uhr zum Frühstück erscheinen. Um dreizehn Uhr nehmen wir hier im Dienstbotenbereich ein leichtes Mittagessen ein und Dinner gibt es um zwanzig Uhr, Tee gegen siebzehn Uhr. Die Zeiten richten sich natürlich nach den Baronets Parsley und können sich ändern. Sie stehen immer an erster Stelle. Du kannst dich hier im Dienstbotenbereich aufhalten. Du wirst nicht im privaten Teil des Hauses herumlaufen. Ich hoffe, du verstehst. Ich werde dir die Belange des Hundes erklären. Ansonsten ist Mrs Argyle für dich der Ansprechpartner, wenn du Fragen hast. Hast du denn noch Fragen?"

„Hat man hier auch manchmal Spaß?", fragte das

Mädchen.

Die Hausdame stand schnell auf, da sie erneut lachen musste. Beanstock räusperte sich. „Du wirst sehen, wir haben es hier sehr gut getroffen auf Parsley Manor."

Er nahm seine Taschenuhr aus der Weste und nickte mit dem Kopf.

„Sehr schön. Mrs Argyle, das Geschäft der Mrs Bloom ist bereits geöffnet. Sie nehmen den Wagen und fahren mit Luc nach Parsley Field, um ein paar Kleidungsstücke zu erwerben. Was dort nicht vorhanden ist, muss bestellt werden."

Das Mädchen stand auf und blickte an sich hinunter.

„Was stimmt denn nicht mit meinen Sachen? Ich finde sie ganz okay."

„Nun, mein Kind, du benötigst etwas mehr, wenn du hier im Haus wohnst. Dieses Haus und seine Bewohner müssen auch nach außen hin repräsentieren. Nun hole bitte deinen Mantel."

Luc fegte wie der Wind zur Tür. Dann erinnerte sie sich plötzlich, dass sie ja nicht rennen sollte, und verfiel schnell in ein langsameres Tempo. Aber nachdem die Tür geschlossen worden war, hörte man das klappernde Stakkato ihrer Schuhe laut und deutlich.

„Wir haben noch viel Arbeit. Es tut mir leid, dass ich Ihnen diese zusätzliche Aufgabe aufbürde. Es war doch etwas unüberlegt von mir, das Kind mitzubringen."

„Mr Beanstock, das ist ein sehr aufgewecktes, intelligentes Kind. Sie haben einfach gefühlsmäßig entschieden. Nicht immer kann man alle Dinge nur rein verstandesmäßig entscheiden. Die Umstände in London waren sicher sehr aufreibend und ich bewundere Sie für Ihr Engagement."

Sie erhob sich, um ihren Mantel aus dem Büro nebenan zu holen. Inzwischen stand Luc in Mantel und Mütze bereit zur Abfahrt. Beanstock rückte fürsorglich ihren Schal zurecht und kontrollierte den Zustand des Mantels.

„Warum gehst du nicht schon hinaus und erklärst Gonzales in der Garage, dass er den Wagen bereit machen soll. Mrs Argyle wird sofort folgen."

Er ging in sein Büro zurück und entnahm aus einer Schatulle in seinem Sekretär einige Geldscheine. Was müsste man ausgeben für Kinderbekleidung? Er hatte nicht die geringste Ahnung. Er gab Mrs Argyle das Geld mit dem Zusatz, Luc benötige ebenfalls einen neuen Mantel und Schuhe.

Nach kurzer Zeit hörte er den Wagen in Richtung Parsley Field davonfahren.

Mrs Bloom polierte ihre geliebten Bonbongläser, als die Glocke über der Tür erklang. So früh am Morgen sah sie eher wenige Kunden und hatte es sich deshalb zur Gewohnheit gemacht, zu dieser Zeit mit einem weichen Lappen die Gläser zu polieren. Sie liebte ihre Bonbongläser und hatte aus so manchem Bewohner von Parsley Field ein Leckermaul gemacht.

Ihren nie versiegenden Vorrat an Süßwaren verdankte sie eigentlich Sir Percival und dessen altem Kriegskameraden in London, der sich zu einem wahren Meister der Praline und Bonbonherstellung entwickelt hatte.

In Zeiten der Zuckerrationierung, die sich zum Glück nun dem Ende näherte, war die Herstellung der süßen Versuchungen eine Herausforderung. Monsieur Plumboom, ein Belgier, war bereits zu einer Legende im London der Nachkriegszeit mutiert.

Die Witwe Bloom stieg von ihrer Trittleiter und sah den frühen Kunden entgegen.

„Nanu, Mrs Argyle, was verschafft mir am frühen Morgen die Ehre eines Besuchs? Sonst ist doch Mr Beanstock oder Gonzales immer für Besorgungen abgestellt."

Hinter dem Rücken der Hausdame kam nun ein kleines Mädchen hervor. Mit großen Augen betrachtete Lucinda fasziniert die Gläser mit dem bunten Inhalt.

„Wir haben einen neuen Mitbewohner auf Parsley Manor und die Kleine benötigt neue Bekleidung. Was können Sie denn anbieten, Mrs Bloom?", fragte Mrs Argyle und begann sich im Laden umzusehen.

Die Witwe Bloom hatte nur Augen für Lucinda. Sie nahm das Kind an den Schultern und blickte ihr genau in die dunklen Augen. Dann drehte sie sie etwas hin und her. Mrs Argyle vermutete, dass die Ladenbesitzerin die Größe des Kindes taxierte, aber so war es nicht.

„Sehe ich denn da nicht eine gewisse Ähnlichkeit mit einem Angestellten des Hauses Parsley? Oder sogar den hohen Herrschaften?", murmelte die Dame und grinste breit.

Erst in diesem Moment wurde Mrs Argyle klar, wie das in Parsley Field ankommen würde, wenn im Haus der Baronets plötzlich ein Kind auftauchte. Darüber hatte sich Mr Beanstock sicher noch keine Gedanken gemacht.

Parsley Field war ein Ort wie jeder andere, in dem die Bewohner nur darauf warteten, Erzählstoff zu bekommen, den man weitertratschen könnte. Die Einwohner waren liebenswerte Leute. Aber es war ein kleiner Ort, und vom Bauern

Pitsch über den Bahnhofsvorsteher Mr Templar bis hin zu der Apothekersfrau Mrs Hoppleton war man einem guten ausgefallenen Gerücht niemals abgeneigt.

Sogar Pfarrer Wilson hatte bereits von seiner Kanzel gegen die Tratschlust seiner Schäfchen gewettert. Mit hochrotem Kopf beschwerte er sich, dass man ihm nachgesagt habe, er würde heimlich diese Groschenromane, die es in so unglaublicher Menge gab, regelrecht verschlingen. Er gab zwar letztendlich zu, dass er einem guten Western mit einem Hauch Liebesgeschichte nicht abgeneigt wäre, das sei aber kein Grund, es so ausgiebig herumzuerzählen, dass es sogar im Nachbarort Pilpots bereits angekommen war.

Seine bußfertigen Schäfchen hatten den Kopf gesenkt, ein Gebet gemurmelt und hinter vorgehaltener Hand ausgiebig gekichert.

„Das ist Lucinda Parish, Mrs Bloom", versuchte die Hausdame Schlimmeres zu verhindern. „Sie ist kurzzeitig zu Besuch im Haus. Ihre Großmutter ist schwer krank und das Kind hatte niemanden, der sich kümmerte. So entschied Mr Beanstock, das Kind bei uns einzuquartieren, bis die Oma genesen ist."

„So, so, der gute Mr Beanstock, aus London also? So, so", sinnierte Mrs Bloom grinsend.

Mrs Argyle zog die Augenbrauen hinauf. Da hatte sie es wohl noch schlimmer gemacht.

Die Witwe Bloom griff zu einem der Bonbongläser, nahm den Deckel ab und hielt das offene Glas Lucinda vor das Gesicht.

Lucinda sah erst zu Mrs Argyle, so viel hatte das Mädchen inzwischen gelernt.

Regel eins des Beanstock-Codex: Niemals ungefragt etwas nehmen. Lucinda hatte daraufhin gefragt, wie viele Regeln es geben würde und die ernüchternde Antwort vom Butler erhalten, im Moment seien es wohl ungefähr vierzig, aber es könnten mehr werden, wenn sie weiter fragen sollte.

Mrs Argyle nickte ihr lächelnd zu.

Ein Zitronenbonbon, süß und sauer, Lucinda lutschte zufrieden.

Schließlich nahm Mrs Bloom aus einem der Schränke verschiedene Kleidungsstücke, und sie hielten abwechselnd Kleider, Pullover und Blusen an Lucinda, die sich viel lieber weiter in dem interessanten Laden umsehen würde und herumzappelte wie ein Fisch an der Angel.

Meinungsverschiedenheiten gab es dann noch, als es um die Farbauswahl ging. Das Mädchen favorisierte viele bunte Farben und kümmerte sich nicht darum, dass ein grüner Wollrock nicht zu einer rosafarbenen Bluse mit gelben Streifen passte. Sie fand die beiden Sachen toll und war vor allem von einem Kleid begeistert, das vielleicht am Hofe eines persischen Prinzen gepasst hätte, aber auf Parsley Manor auf keinen Fall.

Mrs Argyle konnte sich in den meisten Fragen durchsetzen und dankte in Gedanken dem Himmel, dass dem Butler diese Tortur erspart blieb.

In einer Sache gab die Hausdame nach. Lucinda zog eine Hose aus dem Stapel der Kleidungsstücke, die inzwischen in einem abenteuerlichen Turm auf dem Tresen schwankten.

Mit dem Hinweis, dass eine Hose die beste Wahl bei ihren Spaziergängen mit Junior sein würde, setzte sich Lucinda durch.

Der Rest musste in London bestellt werden.

Zum Schluss wurden noch die nötigen Schulbücher und eine Tasche gekauft.

Gonzales stand bereits am Schaufenster und blickte grinsend hinein. Er amüsierte sich über die drei Damen und ihre hitzigen Diskussionen über Farben, Länge der Kleider und Röcke, der Wichtigkeit von Hüten und darauf befindlicher Blumengestecke sowie der Notwendigkeit hoher geschnürter Stiefel, die Lucinda sich dann vehement weigerte anzuprobieren. Gonzales nickte ihr heimlich von draußen zu und hob den Daumen über die furchtbar unbequemen Stiefel und Lucindas Weigerung.

Als sich die beiden Damen Argyle und Bloom zornig nach ihm umsahen, war er gerade mit den Knöpfen seiner Jacke sehr beschäftigt und pfiff leise vor sich hin.

Nach einer Stunde war es geschafft und man konnte sich auf den Heimweg machen. Als die Hausdame mit dem Mädchen an der Hand den Laden verließ, waren bereits interessierte Gesichter zu sehen. Die Apothekersfrau Mrs Hoppleton hatte urplötzlich viel Arbeit vor der Apotheke und zupfte an den verblühten Hortensien vor dem Geschäft herum immer einen wachsamen Blick zu der Gruppe vor dem Witwe-Bloom-Laden werfend.

Nun kam zu allem Überfluss auch noch die alte Mrs Pommerton mit ihrem Einkaufskorb. Sie blieb neben der Apothekerin stehen, sah den grauen Bentley, das Mädchen, dass fröhlich in den Wagen hüpfte, Mrs Argyle mit rosigen Wangen und den grinsenden Chauffeur der Baronets.

Oh, das war sehr interessant. Ein Plausch mit Mrs Hoppleton würde neuen Gesprächsstoff für die nachmittägliche

Teerunde mit ihren alten Freundinnen zaubern. Sie würde wieder einmal die Erste sein, die etwas wusste.

Wenn sie sich da nur nicht irrte.

Silvester auf Parsley Manor

In den letzten Tagen vor der Ankunft der Baronets waren die Angestellten des Parsley-Manor-Hauses vollauf beschäftigt; Betten mussten gelüftet werden, Zimmer gereinigt, das Gästezimmer entsprechend vorbereitet, Einkäufe getätigt und Silber auf Hochglanz gebracht werden. Es musste alles bereit sein bei der Rückkehr der Herrschaften.

Das kleine Mädchen verstand sich gut mit Junior, und der Hund schien froh zu sein, eine neue Verbündete gefunden zu haben. Beanstock war zufrieden mit Lucs Arbeit. Manchmal war sie sogar etwas zu übereifrig und verwöhnte den kleinen Beagle über die Maßen. Aber es war genau die richtige Aufgabe für sie und Beanstock klopfte sich in Gedanken auf die Schulter, dass er die Sorge für den Liebling der Baronets dem Mädchen übertragen hatte. Dadurch hatten die Angestellten im Haus eine Sorge weniger, denn Junior war doch ein sehr lebhafter Hund und benötigte viel Aufmerksamkeit.

Die Kleiderfrage für Lucinda hatte sich ebenfalls zur Zufriedenheit Beanstocks entwickelt.

Im Schrank des Kindes hingen nun mehrere einfache Baumwollkleider, ein neuer dunkelgrüner Mantel, zwei bunte Pullover mit passenden Röcken und eine von diesen modernen Hosen. Mrs Porkpie hatte die Hose staunend betrachtet und unzufrieden den Kopf geschüttelt über diese komische, so gar nicht damenhafte Mode. Neue Schuhe, Unterwäsche und warme Strümpfe hatte Mrs Bloom bereits in London bestellt und würde sie in den nächsten Tagen erhalten. Dies sagte sie der Hausdame mit dem Zusatz, man könne sich natürlich, seit der Postbote Partridge nicht mehr anwesend war, nicht im Geringsten auf den heutigen Postzusteller verlassen und beschrieb diesen als hartherzigen, unzuverlässigen und unhöflichen Vertreter seiner Zunft. Sie hätte dahingehend bereits bei der Post Ihrer Majestät Beschwerde eingelegt.

Der Silvestertag kam frostig daher und der Gärtner Herringbone fürchtete um seine kostbaren Pflanzen. Er heizte das Gewächshaus bereits seit ein paar Tagen auch in der Nacht. Im Moment war er damit beschäftigt, die alten Weihnachtsgestecke im Haus zu entfernen und passende Gestecke für das Silvesterfest zu arrangieren.

Der große Weihnachtsbaum in der Halle sollte noch ein paar Tage bleiben. Nun stand der Gärtner an seinem Arbeitstisch, der überfüllt war mit Stechapfelzweigen, rotem und grünem Efeu, rot leuchtenden Scheinbeeren und einer bunten Auswahl Heidekraut. Daneben hatte er bereits mehrere seiner schönsten Christrosen in silbrige Töpfe gepflanzt. Sie sollten den Eingangsbereich des Hauses schmücken und den Herrschaften Willkommen sagen.

Mortecai, sein Kater, hatte es sich zwischen den Töpfen bequem gemacht und schnurrte mit geschlossenen Augen leise vor sich hin. Aber dann war er plötzlich auf allen vier Pfoten und blinzelte in den glitzernden Schnee vor dem Fenster. Eine Bewegung verlangte nach seiner Aufmerksamkeit.

„Was hast du denn erspäht, mein Bester?", fragte der Gärtner schmunzelnd und sah ebenfalls hinaus. Vor dem Fenster lief das Mädchen mit Junior durch den Schnee und sie hatten scheinbar viel Spaß dabei. Fröhlich winkte Lucinda dem

Gärtner zu und stob durch die nächste Schneewehe, dass die Flocken nur so tanzten.

„Das ist doch nur Lucinda, Mortecai. Du musst dich nun mal damit abfinden, dass dein Freund Junior eine neue Spielgefährtin hat. Aber so was brauchst du doch nicht, oder? Warte, es gibt gleich etwas Gutes. Ich habe heute Morgen einen wunderbaren Bückling von der Köchin für dich ergattert. Na, was sagst du?"

Mortecai schien das nicht zu interessieren. Seine Augen funkelten böse zu seinem Lieblingsfeind und dessen neuem Spielzeug hinüber.

Junior schien sich genauso wenig für den Kater zu interessieren und tobte wie ein verrückter Kreisel um das lachende Mädchen herum.

Gonzales hatte sich mit dem auf Hochglanz polierten Bentley auf den Weg nach Dover gemacht. Ein zweiter Wagen war bestellt worden, um das Gepäck, den Butler seiner Lordschaft und Miss Arbuckle, die Zofe Lady Fedoras, von der Fähre abzuholen. Im Haus herrschte geschäftiges Treiben. Beanstock hatte am Morgen die gelieferten Bestellungen überprüft und Wein und Champagner in den Keller bringen lassen.

Mrs Porkpie beschwerte sich zum wiederholten Mal über die Qualität des gelieferten Mehls, das grau aussehe und nicht genug klebe. Sie war mit der Herstellung der dreieckigen Hackfleischtörtchen beschäftigt, die traditionell am Silvestertag verteilt wurden. Leise brummelte sie vor sich hin. Phillis kannte diese Launen genau und beteiligte sich nicht an dem Zwiegespräch der Köchin mit dem Mehl. Konzentriert rührte sie in dem Topf mit dem duftenden Rinderragout, das soeben

36

einen weiteren ausgiebigen Schuss Guinness bekommen hatte.

Lizzy und die Hausdame Mrs Argyle begutachteten in der ersten Etage die Schlafzimmer, richteten die Betten und bereiteten das Zimmer für den Butler seiner Lordschaft vor, während Harrison mit seinen großen kräftigen Armen in den Kaminen für Ordnung sorgte und frisches Holz auflegte. Der Gärtner brachte die Pflanzengestecke für den Salon und die Tafel im Esszimmer und stellte vor der Tür große Töpfe mit Christrosen auf.

Lucinda kam mit dem nassen, glücklichen Junior hereingefegt und machte sofort wieder ein paar leise Schritte rückwärts, als sie ihren Fehler bemerkte. Sie schielte vorsichtig in die Ecken der Halle. Mr Herringbone schob sich mit einem neuen Gesteck an ihr vorbei und flüsterte: „Er hat dich noch nicht gesehen. Geh lieber nach hinten durch den Boot Room mit Junior." Lucinda nickte und verschwand mit dem Hund im Schlepptau durch die offene Tür zurück nach draußen. Auf dem Boden hatten sich kleine Pfützen gebildet.

Der Gärtner lächelte milde, nahm aus der Tasche seines Mantels ein Taschentuch und wischte die verräterischen Spuren fort. Er empfand den frischen Wind, den das Kind in dieses alte Gemäuer brachte, überaus erfreulich. Er war gespannt, wie Mr Beanstock mit der neuen Situation fertig werden würde. Der alte Gärtner grinste breit und sein dicker Schnauzbart begann dabei hin und her zu tanzen.

Eine Krähe hackt der anderen ein Auge aus

„Wie konntest du nur? Du hast es schon wieder getan!"

Der rundliche Mann mit dem roten Fez auf dem Kopf spuckte die Worte seinem Gegenüber entgegen.

„Wir hatten uns geeinigt, dass wir die Dinge anders handhaben! Wie soll ich ihm das erklären? Du weißt genau, wie ungehalten er sein wird. Ich werde dich dieses Mal nicht schützen. Sieh zu, wie du da wieder rauskommst!"

Der dunkelhäutige Mann schien etwas blasser geworden zu sein. Er hob beide Hände abwehrend gen Himmel und flüsterte ein leises Gebet. „Oh Allah, was für ein Schlamassel! Du und deine Frauengeschichten."

Er erhob sich schwerfällig, schlüpfte in golddurchwirkte Pantoffel neben seinem Diwan und ging zu einem kleinen Schreibtisch im Hintergrund.

Die schräg hereinfallende Mittagssonne malte unruhige Schatten auf den Boden. Kunstvoll geschnitzte Holzläden vor den Fenstern konnten die Hitze des Tages nicht vollkommen fernhalten, dabei war es erst Dezember. Kleine Schweißperlen rannen am Gesicht des Mannes hinab, die mit dieser unglaublichen Wärme aber nur teilweise zu tun hatten.

Sein Blick fiel auf seine angehäuften Schätze, goldene Schatullen, kostbare Papyri, kleine Statuetten mit Lapislazuli geschmückt und einen wunderschönen glitzernden Silberdolch auf einem Ebenholzständer. Er wischte sich mit einem Tuch über das Gesicht, griff zu einer hohen Silberkanne auf dem Tisch und goss eine rötliche Flüssigkeit in ein reich verziertes Glas.

Dem Gast schenkte er nichts ein. Seine Gastfreundschaft endete an diesem Tag.

Der andere Mann erhob sich ebenfalls und schlenderte durch den Raum.

„Warum machst du jedes Mal so ein Tamtam, Ahmed? Warum soll er es erfahren? Wir kommen auch ohne ihn zurecht, oder? Ich will mich schon lange selbstständig machen. Außerdem hat noch niemand diesen Bosh wirklich gesehen. Wahrscheinlich gibt es ihn gar nicht. Und der einfachste Weg, etwas aus dem Land zu bekommen, ist nun mal im unauffälligen Gepäck einer unscheinbaren Frau. Noch besser ist, wenn diese Dame auch noch in Begleitung eines Mitglieds des Adels reist. Diplomatengepäck ist noch angenehmer, wie wir letztes Mal bemerken konnten. Und du hast einen schönen Batzen abbekommen vom Gewinn. Also wäre es besser für dich, die Klappe zu halten und weiterzumachen."

Die Blässe des Arabers wechselte zu einem ungesunden Rot.

Er stellte vorsichtig das Glas zurück auf den Tisch. Mit ein paar schnellen Schritten war er bei dem Mann und griff ihn hart am Kragen. Er zog ihn brutal in die Höhe und flüsterte schnaufend vor Anstrengung in sein Ohr: „Du verstehst es immer noch nicht! Er weiß es bereits, und an deiner Stelle würde ich mich ganz klein machen und verschwinden. Meine Hilfe kannst du nicht mehr erwarten. Ich bin fertig mit dir!"

Dann veränderte sich das braune Gesicht erneut. Die ungesunde Röte wich einer verzerrten Miene. Tränen traten in die Augen des Arabers. Der rote Fez rutschte von seinem

Kopf und segelte, wie ein Papierflieger, in Zeitlupe zu Boden. Sein vorher blendend weißer Kaftan bekam rötliche Flecken. Mit einem staunenden Ausdruck in den Augen, als könne er nicht fassen, was mit ihm geschah, sackte sein schwerer Körper zu Boden. Unter seinem Rücken bildete sich ein roter See. Der andere Mann beugte sich zu ihm hinunter und wischte dabei den mit glitzernden Steinen besetzten Dolch an dem Kaftan seines Partners ab.

„Dann muss ich mir wohl einen neuen Partner suchen, mein alter Freund. Wir hatten gute Zeiten, oder? Entschuldige, wenn ich mich bereits verabschiede. Ich habe noch Geschäfte zu erledigen, bevor ich nach England reise. Du hast sicher nichts dagegen, wenn ich ein paar Dinge mitnehme aus deinem reichen Schatzangebot. Die Reise ist teuer, weißt du? Und ich kann mich nicht wieder an die Armut meiner frühen Jahre gewöhnen."

Er stand auf, griff zu seinem braunen Schlapphut und setzte ihn schwungvoll auf seinen Kopf. James Walton verließ das Haus seines alten Freundes ohne Hast.

Er sah sich vorsichtig um, bevor er die dicke Eichentür hinter sich zuzog. Sein anderer Geschäftspartner hatte seine Augen und Ohren überall in der Stadt.

Als er die engen Straßen des ehemaligen jüdischen Viertels verließ, fühlte er sich sicherer. Er bemerkte den kleinen schmutzigen Straßenjungen nicht, der ihm unauffällig folgte. Es gab so viele von ihnen.

James Walton sah sich ab und zu um, konnte aber nichts Auffälliges bemerken. Er beruhigte sich.

Noch an diesem Tag wollte er die weiße Stadt verlassen. Die kleinen Dinge aus dem Haus seines ehemaligen Freundes waren schnell verkauft und bereits zwei Stunden später fand er sich mit seiner Reisetasche am Hafen wieder, betrat die Gangway eines Schiffes und verließ Alexandria in Richtung der italienischen Küste.

Sein Blick fiel etwas wehmütig zurück auf die Stadt. Er war sich noch nicht im Klaren, ob er zurückkommen würde.

Vielleicht sollte er seine Aufmerksamkeit einem neuen Ziel zuwenden. Die neuen Ausgrabungen in der lange Zeit verschollen geglaubten Stadt Troja waren erfolgversprechend, hatte er gehört.

Alexandria leuchtete zum Abschied im Abendsonnenschein. Al-Iskandariyya nannten die Ägypter ihre Stadt, die Weiße.

Neben ihm standen britische Touristen an der Reling, prosteten sich mit Champagner zu und feierten das neue Jahr. Es war der Silvesterabend 1952. Sie stimmten ein altes Lied an. *Auld Lang Syne* wurde in Großbritannien seit jeher um diese Zeit gesungen. James Walton interessierte sich nicht für diese Tradition, riss sich los vom Anblick der im Abenddunst verschwindenden ägyptischen Küste, ging an die Bar des Dampfers, bestellte sich einen Whisky und prostete in Gedanken seinem alten toten Freund zu.

Ein eleganter, etwas rundlicher Herr erhob das Glas. Sein makellos gepflegter Schnauzbart glänzte im Licht der Barlampen. Neben ihm an der Bar stand ein schwarzer Gehstock mit einem auffälligen Griff, einer silbernen Ente. Walton vermutete in dem dandyhaften Mann einen Modedesigner oder vielleicht einen Friseur, das tiefschwarze Haar seines Gegenübers schien sorgfältig gebürstet zu sein.

„Monsieur, auf das neue Jahr!“, sprach der Herr ihn mit

leichtem französischem Akzent an und erhob sein Glas erneut.

„Ich dachte mir schon, dass Ihr Weg Sie nach Hause nach Frankreich führt", sagte Walton und fand seine Theorie bestätigt, einen Modedandy vor sich zu haben. Der elegante Herr zog eine Augenbraue angewidert empor, stand langsam auf und erwiderte mit einem beleidigten Unterton in der Stimme: „Ich bin Belgier, Monsieur!" Dann ging er ohne ein weiteres Wort davon.

Der kleine Straßenjunge hatte inzwischen den Hafen wieder verlassen. Er hatte den Mann mit dem Schlapphut auf ein Schiff gehen sehen und lief nun eilig zurück in Richtung der alten armenischen Kirche.

Er überquerte die breite Rue Ibrahim, blickte kurz in den *Jardin Pastré*, einen ehemals schönen, aber jetzt nach dem Krieg heruntergekommenen, ungepflegten Park. Endlich erreichte er die alte Kirche. Er näherte sich seinem Ziel und lief noch etwas schneller.

Es würde sich für ihn lohnen. Er klopfte an eine dicke Eichentür, wurde eingelassen und berichtete seine Beobachtungen Bosh, *der Kopf*, wie ihn alle hier nannten. Wie immer, wenn der Junge zu ihm kam, saß Bosh hinter einem Wandschirm. Niemand wusste, wie sein Gesicht aussah, aber alle hatten furchtbare Angst vor ihm. Viele hatten seine Bekanntschaft bereits mit dem Leben bezahlen müssen. Der kleine Junge erhielt seinen Lohn und gönnte sich an der nächsten Ecke ein gefülltes Fladenbrot.

Ahmed Abdel Kassem hatte noch eine ganze Nacht in seinem Haus in Alexandria allein für sich mit seinen angehäuften Kostbarkeiten. Erst am anbrechenden Neujahrstag würde ihn sein Diener finden, die gesamte Nachbarschaft zusammentrommeln, um ausgiebig über den Toten zu tratschen, einige kleine Dinge aus dem Nachlass seines Arbeitgebers für sich abzuzweigen und erst danach die Polizei zu alarmieren.

Vielleicht wäre es anders gelaufen, wenn Ahmed Abdel Kassem etwas beliebter gewesen wäre.

Aber niemand weinte dem arroganten Effendi eine Träne nach.

Ein frohes neues Jahr uns allen!

Die Hausangestellten hatten sich in der Halle des Hauses aufgestellt.

Es konnte nicht mehr lange dauern, bis der Bentley zurück aus Dover kam.

Der Butler ging langsam an der Reihe vorbei und inspizierte den korrekten Zustand der Kleidung, wobei er Lucinda besondere Aufmerksamkeit schenkte.

Beanstock wollte es sich nicht eingestehen, aber er war nervös. Dem, der eigentlich immer genau wusste, wie die Baronets über bestimmte Dinge dachten, war es vollkommen unklar, was passieren würde, wenn Sir Percival und Lady Fedora das Mädchen sehen würden. Zum wiederholten Mal ging er die Reihe der aufgeregt schwatzenden Dienstboten ab und blieb wiederum vor Luc stehen. Inzwischen war seine Nervosität auch auf das Kind übergesprungen und sie bekam rosa Flecken auf den Wangen.

Er blickte auf Lucinda hinab. Wischte einen imaginären Fussel von ihrer Schulter und rückte die schwarze Samtschleife am Kragen zum wiederholten Mal zurecht. Lucinda sah zu Boden und fand ihre neuen Schuhe scheinbar viel interessanter, rot mit kleinen schwarzen Pompons.

Neben ihr lag Junior schlafend auf dem Boden und schien die Aufregung nicht zu verstehen. Das Geräusch eines sich nähernden Wagens ließ ihn aufhorchen. Sein Kopf schoss in die Höhe und er wollte mit lautem Gebell zur Tür eilen. Ein Blick und ein Fingerzeig von dem Butler ließen ihn sich wieder hinlegen und leise schnaufen.

Die Gespräche verstummten und man machte sich bereit. Beanstock strebte zur Tür, öffnete sie und ging ein paar Schritte auf den Wagen zu. Gonzales sprang fröhlich aus dem Auto und riss die hintere Tür auf.

„Wie froh ich bin, wieder daheim zu sein! Mein guter Beanstock, schön, Sie so munter zu sehen!", polterte Sir Percival auf seine altbekannte Art drauflos.

„Was mein Mann sagen will: Wir freuen uns, dass Sie wieder bei uns sind, und hoffen, Sie haben alles zu Ihrer Zufriedenheit lösen können. Oh, wir könnten jetzt einen guten Tee vertragen. Stellen Sie sich doch einmal vor, mein bester Beanstock, man bekommt in den Teestuben Tassen mit Beuteln darin serviert. Was für eine furchtbare Kultur ist das! Unvorstellbar, wenn sich diese Teebeutel durchsetzen könnten. Das Commonwealth wäre gefährdet!", sagte Lady Fedora und sah sich nach ihren Gästen um, die nun dem Wagen entstiegen.

Die Stimme seines Herrn konnte Junior nicht länger ignorieren und kam, seine Hundeleine hinter sich herzerrend, im Galopp aus dem Haus. Beanstock hoffte, der Hund hatte nicht Lucinda zu Fall gebracht, als er sich losriss. Aber diese Sorge war unbegründet.

Als die Herrschaften in die Halle traten und den Angestellten herzlich *Guten Tag!* zuriefen, fehlte von Lucinda jede Spur. Fragend sah der Butler Mrs Argyle an. Die Hausdame zuckte die Schultern und begab sich sofort auf die Suche nach dem Kind. Nach ein paar Minuten erschien sie neben dem Butler und raunte ihm etwas ins Ohr. Beanstock nickte.

Er nahm die Mäntel der Herrschaften entgegen, während der Bentley in die Garage fuhr. Der zweite Wagen erschien mit der Zofe und dem Butler seiner Lordschaft. Harrison brachte das Gepäck ins Haus und Mrs Argyle kümmerte sich um die Bezahlung des Taxis.

Im Salon wurde der Tee serviert und nach der langen Reise breitete sich Wohlbefinden bei den Herrschaften aus. Beanstock wusste alles zur Zufriedenheit geregelt und machte sich auf die Suche nach dem Kind.

Mrs Argyle hatte ihm berichtet, dass Lucinda auf der hinteren Treppe zum Schlafbereich der Dienstboten saß und nicht herunterkommen wollte. Schon einmal hatte Beanstock mit dem Kind zusammen auf einer Treppe gesessen und ein Gespräch geführt. Damals war das allerdings in London im Haus der Mrs Parish, der Großmutter des Kindes, gewesen.

Als er sie fand, liefen heiße Tränen über ihr Gesicht. Wie damals setzte er sich neben sie auf die Stufe.

„Lucinda, es ist sehr unhöflich, Lady Fedora und Sir Percival nicht sofort zu begrüßen. Schließlich bist du bei ihnen Gast und möchtest eine Zeit lang hier wohnen. Warum bist du denn fortgelaufen?"

Beanstock drückte ihr ein Taschentuch in die Hand. Tücher hatte er seit langer Zeit immer in genügender Anzahl in seiner Tasche. Er musste auf diesen Vorrat des Öfteren zurückgreifen. Beanstock war überzeugt, dass er in diesem Haushalt der einzige Angestellte war, der immer genügend saubere Tücher mit sich führte.

Lucinda wischte sich die Tränen aus den Augen, aber sofort lief ein neuer Wasserschwall an ihren Wangen hinab. Beanstock fragte sich nicht zum ersten Mal, woher diese nassen Ströme bei den Damen kamen. Obwohl er sie niemals gesehen hatte, musste er in diesem Moment an die Niagarafälle denken.

„Ich habe einfach plötzlich furchtbare Angst gehabt, Mr Beanstock!", schluchzte sie.

„Warum hast du solche Angst? Ich habe dir bereits berichtet, wie nett unsere Herrschaft ist und dass du dir keine Sorgen machen musst."

Lucinda schnaubte laut in das Taschentuch und Beanstock verbuchte es damit wieder einmal als verloren.

Dann begann das Kind stockend zu reden.

„Ich will es einfach wieder so haben, wie es war. Verstehen Sie? Ich will wieder mit meiner Mum Plätzchen ausstechen am Weihnachtstag. Ich will ihr Lachen wieder hören. Sie konnte so wunderbare lustige Geschichten erzählen. Sie hat mich jeden Abend zugedeckt und gesagt: *Luci*, so nannte sie mich*, Luci klein, schlaf jetzt ein, werde immer bei dir sein*. Sie duftete nach Vanille und im Sommer nach Lavendel, und wenn Daddy nach Hause kam, brachte er mir immer etwas mit. Nichts Ausgefallenes, nein, eine Blume oder ein schönes Blatt von einem Baum. Manchmal brachte er mir Bonbons mit oder eine bunte Zeichnung, die er selbst gemalt hatte. Er konnte toll malen, mein Daddy. Wir sind zusammen ins Theater gegangen. Er erzählte mir von fremden Ländern und versprach, mit mir dort hinzufahren, wenn ich groß bin.
Und dann gingen sie einkaufen. Nur weil ich an diesem Tag unbedingt Pancakes essen wollte. Und dann kamen sie nicht wieder. Ich habe gewartet und gewartet und dann kam meine Oma plötzlich. Sie hatte Tränen in den Augen und sie meinte, Mum und Dad kommen nicht wieder. Verstehen Sie, Mr Beanstock, ich bin schuld! Und nun ist meine Oma auch noch krank. Woher soll ich denn wissen, ob ich hier bleiben darf?

47

Vielleicht mögen sie gar keine Kinder." Schon wieder liefen riesige Bäche aus ihren Augen. Beanstock nahm ihr das Tuch aus der Hand und strich über ihr Gesicht.

„Luci, darf ich dich auch so nennen? Das gefällt mir viel besser als Luc." Sie nickte zustimmend. Beanstock fuhr fort: „Deine Eltern sind nicht schuld und du bist auch nicht daran schuld, was ihnen passiert ist. Dieser furchtbare Krieg hat so vielen Kindern die Eltern genommen und keines dieser Kinder ist schuldig gewesen. Du hättest überhaupt nichts tun können, um deine Eltern zu retten. Sie waren einfach zur falschen Zeit am falschen Ort. Dafür kannst du nichts, mein Kind. Erinnere dich an ihre Liebe für dich, denk an die schönen Zeiten und sei dankbar, dass du sie hattest. Sie werden immer in deinen Erinnerungen leben und bei dir sein. Das kann dir niemand wegnehmen."

Sie sah den Butler mit großen Augen an und warf sich dann schluchzend in seine Arme. Behutsam strich er über ihr Haar. Er dachte an den schrecklichen Moment vor vielen Jahren, als er seine Eltern verloren hatte.

„Was machen wir denn jetzt Mr Beanstock?", fragte Luci.

„Jetzt, mein Kind, gehst du dir das Gesicht waschen, und dann stelle ich dich Lady Fedora und Sir Percival vor. Und du wirst sofort bemerken, wie nett sie dich aufnehmen werden. Davon bin ich absolut überzeugt. Alles wird gut, versprochen. Ich bin für dich da."

Auch wenn der Butler keineswegs so ganz überzeugt war, lächelte er dem Kind aufmunternd zu.

Luci sprang auf, lief hinauf in das Bad der weiblichen Dienstboten und kam nach kurzer Zeit zurück. Sie griff nach der Hand des Butlers und konnte ihn schon wieder anlächeln. Dann gingen die beiden hinab.

Aus dem Salon kamen lebhafte Stimmen. Mrs Argyle kam mit einem Tablett durch die Tür und blinzelte dem Mädchen aufmunternd zu.

Luci griff Beanstocks Hand noch fester und versteckte sich hinter seinem Rücken.

Im Salon verstummten die Gespräche und Lady Fedora sah gespannt zu ihrem Butler.

„Mein guter Beanstock, wen haben Sie uns denn da mitgebracht? Na, mein Kind, du musst doch keine Angst haben", versuchte Lady Fedora zu vermitteln.

Wahrscheinlich hatte die Hausdame bereits etwas angedeutet. Unter dem Tisch kam Junior hervorgesprungen und umkreiste wedelnd seine neue Freundin.

„Junior ist auf jeden Fall begeistert von seinem neuen Spielgefährten und Pfleger. Das hast du wirklich gut gemacht. Ich habe sofort bemerkt, dass Juniors Fell sorgfältig gebürstet worden ist und es glänzt fantastisch", bemerkte Sir Percival und bemühte sich, nicht laut zu poltern, um das Mädchen nicht zu verschrecken.

„Im Winter muss man etwas Vaseline auf die Bürste tun", kam es leise hinter Beanstocks Rücken hervor.

„Das ist ja äußerst interessant", sagte Lady Marjorie und nickte dem Kind aufmunternd zu. „Ich züchte Hunde, weißt du, und das werde ich auf jeden Fall versuchen."

Endlich kam Luci hinter dem Rücken hervor und machte ein paar Schritte auf Lady Fedora zu. Sie sah zu Beanstock zurück. Der Butler gab ihr mit einer Geste zu verstehen, dass sie einen Knicks machen solle.

Lady Fedora griff vorsichtig Lucis Hand und zog sie

etwas näher heran.

„Wir haben hier leider nicht sehr oft Besuch von Kindern. Darum sind wir besonders froh, deine Bekanntschaft zu machen, und wir heißen dich herzlich willkommen. Wir kommen sicher gut miteinander aus. Wie ich sehe, hat dich Junior bereits ins Herz geschlossen. Also mach dir bitte keine Sorgen."

Luci sah lächelnd, ja man konnte sogar behaupten breit grinsend zu ihrem Freund Beanstock hinauf.

„Ich bin Ihnen sehr zu Dank verpflichtet. Das Mädchen wird sich gut benehmen und ich übernehme natürlich die Verantwortung für sie."

Er neigte kurz den Kopf und ging mit Luci hinaus. In der Küche verstummten bei ihrer Rückkehr die Gespräche.

„Die Baronets haben ihr Einverständnis bekundet."

Weiter kam der Butler nicht mit seinen Erklärungen, weil sofort fröhliches Schwatzen einsetzte. Alle waren froh, dass das Kind bleiben durfte.

Gonzales äußerte sich überrascht über die Aufregung.

„Natürlich darf sie bleiben, wer könnte schon *esta linda chica* widerstehen!"

Luci lächelte. Von Mrs Porkpie bekam sie einen dicken Kuss auf die Wange und Phillis stellte einen duftenden Becher Kakao für sie auf den Tisch.

Dann schickte Beanstock alle zurück an ihre Arbeit. Bis zu dem festlichen Diner am Abend gab es noch einiges zu tun.

Lord und Lady Southcoffelton hatten sich entschieden, das Silvesterfest auf Parsley Manor zu verbringen.

Am nächsten Tag wollten sie gemeinsam mit den Baronets zum Neujahrstee zu ihrem Stammsitz zurückkehren.

Lord Mortimer hatte seiner Einladung an die Freunde die Bitte hinzugefügt, eine von diesen wundervollen Kuchenköstlichkeiten von Mrs Porkpie mitnehmen zu dürfen.

„Ihr habt ja keine Ahnung, was ich auszuhalten habe in Bezug auf die kulinarische Strecke in meinem Haus. Es ist eine Schande, dass der Zehnte Lord of Southcoffelton bei seinen Nachbarn um eine milde Gabe bitten muss", sagte seine Lordschaft mit saurem Gesicht.

Seine Gemahlin konterte sofort.

„Mortimer, Darling, du tust so, als würden wir in den Wald gehen und an den Zweigen und Wurzeln der Bäume nagen, um uns zu ernähren. Du bist der Lord und deine Aufgabe ist es, die alte Köchin zu entlassen und eine neue einzustellen. Aber dann müsstest du dich mit Mrs Thakery auseinandersetzen und davor hast du Angst. Unsere Köchin ist ein wahrer Drachen, müsst ihr wissen, und hat Haare auf den Zähnen", wandte Lady Marjorie sich an ihre interessiert lauschenden Gastgeber.

Sir Percival erinnerte sich sofort an eine abenteuerliche Geschichte über einen vor langer Zeit in der Wasserburg der Lordschaften lebenden Drachen. Damit war er in seinem Element.

„Dieser Drache soll ein grünbeschuppter Vertreter der feuerspeienden Zunft gewesen sein und im 10. Jahrhundert so manche Ernte vernichtet haben. Die Bauern und ihre Maisfelder in der Umgebung konnten damals ein Lied davon singen und der Mais verwandelte sich sozusagen in Popcorn." Er lachte schallend über diesen Witz, während die anderen eher über ihn lachen mussten.

Der Beagle kam unter dem Tisch hervorgekrochen, sah

seinen Herrn fragend an, und als dieser sich nicht dazu genötigt sah, mit ihm hinauszugehen, machte sich der Hund auf die Suche nach seiner neuen Freundin.

Am frühen Abend nahm Beanstock sein Metalllineal, das ihm bereits seit seiner Ausbildungszeit gute Dienste erwiesen hatte. Sein Weg führte ihn in das Esszimmer.

Harrison legte gerade Holz im Kamin nach. Mrs Argyle und Lizzy hatten inzwischen den Tisch mit einer glänzenden Damastdecke bedeckt, in der Mitte des Tisches ein opulentes Stechapfelgesteck drapiert, das gute Geschirr mit dem Wappen verteilt und das Silberbesteck an seine Plätze gelegt. Auf den Tellern standen sorgfältig gefaltete Servietten und die Kristallgläser funkelten im Licht der Kerzen.

Beanstock maß sorgfältig den Abstand der Teller vom Tischrand, den korrekten Abstand des Bestecks und hielt ab und zu eins der Gläser gegen das Licht, um die Sauberkeit zu überprüfen. Dann richtete er die Stühle genauestens aus und nickte den beiden Damen zu.

Der Rotwein war von ihm bereits dekantiert worden und wartete auf den Einsatz. Daneben würde es zur Suppe einen Weißwein geben, den Rotwein zum Rind und zu den traditionellen Blueberry Pancakes einen süßlichen Dessertwein. Der Champagner lag auf Eis. Alles war bereit und in Ordnung.

Beanstock nickte den beiden Damen zu. Aus der oberen Etage kam die Zofe Lady Fedoras mit einer warmen Stola über dem Arm. Sie legte sie im Salon auf einem Sessel ab, um sie bei Bedarf bereitliegen zu haben. Beanstock bemerkte, dass sie nicht wieder aus dem Salon erschien, und sah nach ihr. Miss Arbuckle stand vor dem geschliffenen Spiegel, der über dem Kamin hing und betrachtete sich.

Der Butler räusperte sich hörbar. Filomena erschrak, richtete ein letztes Mal ihre neue Errungenschaft, einen glänzenden Skarabäus, den sie mithilfe eines Samtbandes am Hals trug, und lief schnell vorbei an Beanstock in den Dienstbotenbereich.

Beanstock schüttelte den Kopf. Seitdem die Zofe zurück aus Ägypten war, fiel ihm ihre Zerstreutheit noch mehr auf. Sie erschien zeitweise abwesend und in Gedanken verloren zu sein. Er würde mit der Hausdame darüber sprechen.

Im Moment waren andere Arbeiten wichtiger. Auf der Treppe zur Halle erschienen Lady Fedora und Lady Marjorie. Die Damen hatten sich untergehakt und kamen fröhlich schwatzend hinunter in die Empfangshalle.

Lady Marjorie trug ein bodenlanges grünes Chiffonkleid und Lady Fedora ein cremefarbenes Seidenkleid mit einer glitzernden Brosche am Ausschnitt. Hinter ihnen erschienen die Herren im Smoking. Man war bester Laune und Beanstock öffnete mit einer schwungvollen Bewegung die beiden Türen zum Esszimmer.

„Das sieht wunderbar aus, mein Kompliment, Beanstock. Sie können servieren", raunte Lady Fedora dem Butler zu.

Es wurde gegessen, Sir Percival erzählte eine Anekdote aus der Geschichte nach der anderen, man lachte, die zurückliegende Reise wurde noch einmal ausgiebig besprochen und nachdem die Herrschaften den letzten Gang genossen hatten, begaben sie sich in den Salon zu einem Glas Champagner, um auf das neue Jahr anzustoßen. Im Kamin brannte ein wärmendes Feuer und man wartete auf Mitternacht.

Im Dienstbotenbereich ging es noch etwas lustiger zu. Gonzales hatte eine bunte Papierkrone auf dem Kopf und stolzierte mit einem großen Löffel als Zepter durch den Raum. Luci marschierte mit einem ernsten Gesicht und einem Goldhelm hinter ihm her und sang dabei *God save our gracious Queen*.

Mrs Porkpie saß etwas abseits auf einem Stuhl und war kurz eingenickt. Ihr Papierhut rutschte langsam von ihren Haaren. Bereits seit dem frühen Morgen war sie mit dem Herstellen der Speisen beschäftigt gewesen. Beanstock ließ sie schlafen.

Mrs Argyle und der Butler saßen am Ende der Tafel und unterhielten sich leise. Lizzy hatte sich den Gärtner geschnappt und tanzte mit ihm in der Küche einen langsamen Walzer. Phillis wiegte sich im Takt und summte eine Melodie dazu. Harrison klopfte mit der Hand den Walzertakt auf dem Tisch und beobachtete lächelnd das tanzende Paar.

Filomena Arbuckle sonnte sich im Glanz ihres Skarabäus, war aber etwas verschnupft, da ihm von den anderen nicht die Aufmerksamkeit geschenkt worden war, die sie sich erhofft hatte. Der Butler der Southcoffeltons, Henry, sah ihr amüsiert zu.

Die große Wanduhr stand eine Minute vor Mitternacht.

Die Dienstboten des Hauses und die kleine Luci gingen hinüber in den Salon der Baronets.

Es war Tradition, das neue Jahr gemeinsam mit allen Bewohnern und einem prickelnden Glas Champagner im Salon zu begrüßen. Nach einer kleinen Diskussion mit Beanstock drückte Lady Fedora auch dem Kind ein Glas mit einem kleinen Schluck Champagner und sehr viel Sodawasser in die

Hand. Sie blinzelte ihr verschwörerisch zu.

Gonzales öffnete ein Glas mit einem bunten Etikett, das er aus der Küche mitgebracht hatte. Luci sah ihm interessiert zu.

„Was ist denn da drin, Señor Gonzales?"

„Das sind zwölf Weintrauben, meine Kleine. In Spanien gibt es einen Brauch. Bei jedem Schlag der Uhr um Mitternacht isst man eine Traube, dann hat man im neuen Jahr Glück."

Luci staunte.

„Woher haben Sie denn Weintrauben im Winter bekommen?"

„Sir Percival hat sie mir aus Italien mitgebracht. Er hat sich an diesen Brauch erinnert. Als wir gemeinsam im Krieg gedient haben, muss er etwas davon gehört haben. Du weißt ja, wie aufmerksam er ist, wenn es um Legenden und Geschichten geht. Weißt du was? Ich habe eine wundervolle Idee. Da du zum ersten Mal hier unser Gast bist, darfst du die zwölf Weintrauben essen. Was meinst du, *pequena Signorita*?"
Er gab das Glas dem Mädchen in die Hand und freute sich über den Spaß, den sie haben würde. Für Gonzales genügte es, dass Sir Percival an ihn gedacht hatte. Es erinnerte ihn an sein fernes Heimatland.

Die große Uhr auf dem Kaminsims schlug Mitternacht. Man prostete sich zu, man wünschte jedem ein wunderbares neues Jahr, Luci wünschte ihrer Oma im fernen London in Gedanken gute Besserung und verspeiste die letzte der saftig süßen Trauben.

Dann stimmte man das altbekannte englische Silvesterlied an, das in diesem Moment überall auf der Insel gesungen wurde.

For auld long syne, my jo
For auld long syne
We'll tak' a cup o'kindness yet
For auld long syne

„Ein frohes neues Jahr uns allen!"

Seltsame Besucher

Der Neujahrstag 1953.

Es versprach ein ruhiger Tag zu werden. Das Wetter wurde milder, die Baronets waren zurück im Haus und in Parsley Field gingen die Bewohner ihren gewohnten Beschäftigungen nach.

In aller Munde war natürlich die bevorstehende Krönung. Königin Elizabeth II. regierte zwar bereits seit einem Jahr, aber durch den Tod ihres Vaters, König George, mussten die Feierlichkeiten verschoben werden.

Es würde das Highlight des Jahres werden. Im Juni sollte aus der Westminster Abbey sogar live von der BBC die Krönung übertragen werden.

Der ein oder andere Bewohner dachte über die Anschaffung eines dieser neuartigen TV-Geräte nach. Für die meisten würde das natürlich nicht bezahlbar sein, aber man hoffte auf einen netten Nachbarn mit den nötigen Mitteln.

So fanden sich im Pub *Jack O'Lantern* immer mal wieder Gruppen von Männern ein, diskutierten mit dem Wirt über die Anschaffung eines Geräts und zählten an den Fingern die Vorteile für den Pub in schillernden Farben auf. Sean O'Donoghue konnte darüber nur weise lächeln.

Bereits seit dem Weihnachtsfest stand in seinem Hinterzimmer ein nagelneues Gerät bereit. Es wartete auf den Monteur, der es anschließen sollte. Die Antenne war noch nicht geliefert worden.

Sean hatte sich schon vor längerer Zeit überlegt, dass ein TV-Gerät mehr Besucher in seinen Pub bringen könnte. Er dachte vor allem an Sportübertragungen und rieb sich in Gedanken die Hände über seine gute Idee. Er ließ die Männer reden. Solange sie bei ihm waren, wurde auch etwas getrunken und er zapfte zufrieden das nächste Ale.

Als sich die Tür zum Pub öffnete, wandten sich, wie immer in solchen Fällen, sämtliche Köpfe der Leute zu dem neuen Kunden, der hereinkam. Aber in diesem Fall war es kein bekanntes Gesicht und man stimmte nicht das allseits beliebte *Hoho!* an. Misstrauisch beäugte man den Neuen.

Es wurde nach bestimmten Gesichtspunkten überlegt, ob das ein potenzieller Spendierer von alkoholischen Getränken sein könnte oder nur ein Fremder, der nach dem Weg fragen wollte.

Bei dem Herrn, der den Pub betrat, war man sich bereits nach kurzer Zeit einig: Dieser Mann war ein Frager und kein Spendierer. Die Leute richteten ihre Aufmerksamkeit wieder auf die eigenen Gespräche und Gläser.

Sean war mit dem Polieren der Gläser beschäftigt und sah dem Gast interessiert entgegen. Es war ein ausgesprochen dünner Mann, ein Windhauch hätte ausgereicht, ihn zu Fall zu bringen. Er bewegte sich schwankend, wie ein schmaler ausgetrockneter Strohhalm im Wind. Sein spärliches Haar hatte er unter einem braunen Filzhut versteckt, den er soeben abnahm. Der Herr hatte sonnengebräunte Haut, wie ein Tourist aus dem Süden Italiens. Sean registrierte diese Tatsache erstaunt, da es um diese Jahreszeit eher blasse Gesichter in England gab. Der Anzug des Mannes war aus feinstem Tweed, umspielte aber eher seine Figur, als dass der Anzug perfekt saß. Der Wirt hatte ein Auge dafür. In der Hand trug der Mann einen dunklen Lederkoffer. Er sah sich im Raum um und ging dann zum Tresen. Sean polierte weiter an seinen Gläsern und ließ sich nicht aus der Ruhe bringen.

„Haben Sie auch Zimmer zu vermieten… in Ihrem äh… hübschen Pub?", fragte der Herr nun etwas abschätzig.
Er schien bessere Hotels gewöhnt zu sein.

„Hab ich. Wie lange wollen Sie bleiben?", fragte der Wirt.

„Das weiß ich noch nicht, einige Tage vielleicht. Ich möchte mir die Gegend ansehen und vor allem interessiere ich mich für die Kirche des Ortes und die lokale Legendenwelt. Ich werde ein Buch darüber verfassen", erläuterte der Herr, ohne dazu aufgefordert worden zu sein.

Sean glaubte ihm kein Wort, aber da er nach einem zahlenden Gast aussah, war es ihm im Grunde gleichgültig.

„Es kostet zehn Shilling pro Nacht, Frühstück geht extra", erklärte Sean. Dann drehte er sich in Richtung der Küche um, die sich im hinteren Bereich befand, und brüllte laut: „Donna! Wir haben einen Gast!"

„Sie ist etwas schwerhörig, müssen Sie wissen", erklärte er seinem erschrockenen neuen Gast.

„Wie war noch Ihr Name? Ich hatte ihn, glaub ich, überhört."

„Ich hatte ihn noch nicht genannt. Mein Name ist Dr. Julian Preston. Hier ein Pfund, ich denke, das genügt erst einmal. Ich wäre dankbar, nicht gestört zu werden."

Inzwischen war endlich ein Schlurfen aus der Küche zu hören und in der Tür erschien Donna, ganz entgegen des bezaubernden Namens eine verhutzelte alte Dame, die das Gesicht einer verschrumpelten Rosine hatte. Aufgrund ihres schlechten Gehörs war ihre Aussprache extrem laut und sie brüllte

Sean an. „Was nun schon wieder? Ich mache grad den Eintopf fertig!"

„Bring den neuen Gast in Zimmer vier unter, Donna!", brüllte Sean zurück, während alle im Pub sich die Ohren zuhielten.

Leise vor sich hin grummelnd griff die alte Donna zu dem Koffer des neuen Gastes, der entzog ihn ihr aber schnell.

„Danke, ich trage meine Sachen selbst hinauf, wenn´s recht ist."

„Wie der feine Herr meint!", brüllte Donna und schlurfte vor ihm her zur Treppe, die sich hinter einer Tür neben dem Tresen befand.

Langsam, sehr langsam, erklomm sie die Treppe.

Dr. Preston folgte ihr und verzog dabei angewidert das Gesicht.

In der ersten Etage gab es einen langen Flur, der sich auf der Vorderseite des Pubs entlangzog und winzige Fenster hatte. Gegenüber befanden sich die Türen zu den fünf Gästezimmern. Am Ende des engen Flurs stand ein dunkler Holzschrank, der die Wand vollkommen ausfüllte. Dorthin strebte nun Donna, sehr langsam. Dr. Preston folgte ihr. Am Schrank angekommen, öffnete sie die knarrende Tür und man konnte darin sauber gestapelte Bettwäsche und Handtücher sehen. Donna entnahm Bettwäsche und zwei Handtücher und drehte sich dann zu dem Gast um.

„Was rennen Sie mir denn hinterher? Ihr Zimmer ist ganz vorn rechts, Nummer vier! Gehen Sie schon zurück!", lamentierte Donna und schob den Herrn vor sich her, der es kaum schaffte, sich in dem schmalen Gang zu drehen. Zum Glück für ihn war er mager wie ein Strohhalm. Ein korpulenterer

Mensch wäre hier wahrscheinlich steckengeblieben.

„Ich hatte angenommen, die Vier wäre ganz hinten, neben der Fünf.", konterte Dr. Preston verzweifelt.

„Die Vier ist ganz vorn neben der Fünf und dann kommt die Drei und dann ganz hinten die Zwei und die Eins", erklärte Donna lautstark. „Diese Ausländer!"

„Ich komme aus London", erklärte der Beschimpfte beleidigt.

„Na sag ich doch, Ausländer", murmelte Donna ausnahmsweise leise vor sich hin.

Sie öffnete mit einem Schlüssel die Tür zur Nummer vier und ließ den Gast eintreten. Sofort wollte sie sich an die Arbeit machen und das Bett beziehen. Der Gast kam ihr zuvor, nahm ihr den Stapel Wäsche aus der Hand und schob sie zurück zur Tür. Dann zog er den Schlüssel außen aus dem Schloss.

„Danke, das bekomme ich schon allein hin. Ich möchte nicht gestört werden."

Damit schlug er der alten Donna die Tür vor der Nase zu und verschloss sie.

„Wie der feine Herr meint. Ist mir sehr recht, hab genug in der Küche zu tun."

Als sie den Schankraum wieder betrat, herrschte absolute Ruhe. Niemand sprach, was in einem Pub eine Seltenheit ist. Man hörte nur das quietschende Geräusch, das gespülte Gläser machen, wenn sie mit einem Tuch poliert werden. Der Wirt stand breit grinsend hinter seinem Tresen und sah der polternden Donna entgegen.

Natürlich hatten alle gelauscht und das Gespräch im Obergeschoss mitbekommen. Donna winkte verdrossen ab, wischte sich die Hände an der Schürze ab und ging zurück in die Küche. Sofort flammten die Gespräche wieder auf und man freute sich, ein neues Thema bekommen zu haben.

Dr. Preston sah sich in seinem Zimmer um. Er registrierte zufrieden, dass es sauber und gut ausgestattet war. Ein großes Bett mit gedrechselten Säulen an der einen, ein Schrank und eine Kommode an der anderen Wand. Dazwischen war ein großes Fenster, das auf den Küchengarten und den Hof des Pubs sah. Ein besonderer Luxus des Zimmers zeigte sich hinter einer kleinen Tür neben dem Schrank.

Es gab ein eigenes Bad. Klein und eng, aber ein Waschbecken und eine Toilette hatten Platz gefunden. Sean hatte es erst vor einem halben Jahr einbauen lassen. Die meisten Herbergen hatten ihre Bäder immer noch in einem separaten Raum. Dr. Preston nickte zufrieden. Außerdem hatte er bereits gesehen, dass es einen Ausgang zur Rückseite gab, ohne dass man im Pub bemerkt werden würde. Das gefiel ihm ganz besonders.

Auf Parsley Manor hatte der Januar mit ruhigem sonnigem Tauwetter begonnen. In ein paar Tagen würden von den weißen Schneebergen nur noch schmutzige Pfützen übrig sein.

Luci tobte mit Junior durch den Garten und wurde von Lady Fedora aus ihrem Atelierfenster lächelnd beobachtet. Ihr kam eine wunderbare Idee für ein neues Buch.

Warum sollte sie nicht einmal ein Kinderbuch mit ihren Blumenzeichnungen ausstatten? Sofort setzte sie sich an ihren Zeichentisch und begann Szenen zu skizzieren. Wenn sie eine neue Idee ausarbeitete, vergaß sie um sich herum alles und tauchte vollkommen in ihre eigene Welt ein. Daher bemerkte sie auch nicht, dass jemand laut und deutlich an der Haustür pochte. Die vorhandene Klingel hätte sie wahrscheinlich gehört, aber wer dort unten auch die arme Eichentür mit einem Stock malträtierte, hatte vermutlich die Klingel neben der Tür ignoriert.

Der Butler eilte zur Tür, da bereits der Kopf Sir Percivals aus der Bibliothek erschien und er missbilligend nachsehen wollte, wer solchen Lärm am frühen Vormittag veranstaltete.

Er öffnete und sah sich einer eigentümlichen Gestalt gegenüber.

Eine Dame hielt einen Spazierstock hoch erhoben und holte erneut aus, um an der Tür zu hämmern. Da der Stock einen Löwenkopf aus Metall als Griff besaß, war das Klopfen umso lauter gewesen. Als die Dame Beanstock sah, hielt sie in der Bewegung inne und setzte ein gewinnendes Lächeln auf.

Sie war eine dickliche Person mit einer dunkelblonden Haarmähne, die sie durch ein orientalisch anmutendes goldfarbenes Barrett zu bändigen versucht hatte. Es war ihr nicht sonderlich gelungen und die wirren Strähnen standen nach allen Seiten ab. Dazu trug sie etwas zu viel Make-up, das besonders durch die blau geschminkten Augenlider und den purpurroten Mund hervorstach. Ihre Wangen hatten zu viel Rouge und die Fingernägel zu grelles Rot. Sie trug einen langen kaftanähnlichen Mantel mit einem voluminösen Pelzkragen.

Dies alles vermerkte Beanstocks Gehirn in einem einzigen Augenblick in seinem Gedächtnispalast. Er legte es weit entfernt ab, in einer unbedeutenden Ecke, denn er meinte, dass die Dame sich sicher verlaufen hatte und nur nach dem Weg fragen wollte.

„Melden Sie den Herrschaften Lady Minerva Woodhouse, soeben eingetroffen aus Kairo und geladener Gast des Hauses Parsley Manor!", flötete die Dame mit hoher Stimme dem Butler entgegen. Ein Hauch von Gin waberte in Richtung des Butlers, der es stirnrunzelnd vermerkte.

Aus der Bibliothek ertönte ein Knall, wie es ein dickes Buch verursacht, das zu Boden gefallen war.

Sir Percivals Kopf erschien erneut in der Tür. Diesmal hatte sein Gesicht nicht nur einen etwas blassen Ton angenommen, der Mund in demselben stand weit und überrascht offen. Es wirkte so gar nicht standesgemäß zurückhaltend. „Oh mein Gott", flüsterte er.

Beanstock hatte Lady Minerva inzwischen hereingebeten.

„Meine Koffer müssen noch aus dem Wagen geholt werden", sagte sie, warf dem Butler den Autoschlüssel zu und war bereits mit zwei großen Schritten in der Halle.

Beanstock sah sich fragend nach Sir Percival um. Der nickte seinem Butler zu und kam dann selbst aus der Bibliothek, um den Gast zu empfangen.

Inzwischen hatte der Butler die Koffer hereingeholt und Gonzales, der interessiert aus der Garage kam, angewiesen, den sportlichen roten Zweisitzer der Lady in die Garage zu fahren.

„Lady Minerva, wir hätten nicht angenommen, Sie so schnell widerzusehen. Welchem Umstand verdanken wir das Vergnügen?", stotterte Sir Percival.

„Nun, Lady Fedora und Lady Marjorie waren so freundlich, mir Hilfe anzubieten, wenn ich sie brauchen würde. Sie wissen ja sicher, dass ich an einem Buch arbeite, *Schnee auf dem Antlitz der Sphinx.* Und die liebe Fedora in ihrer Güte hatte sich für meinen Roman dermaßen interessiert, dass ich einfach die Gunst der Stunde ergriffen habe und sofort zu einem Besuch aufgebrochen bin. Wir haben uns so wunderbar unterhalten im Mena House Hotel, nicht wahr?" Dabei kicherte die Dame ausgelassen.

Beanstock nahm ihr den Mantel ab. Darunter kam ein weiterer weiter Kaftan zum Vorschein, der mit viel Stoff den Körper der Dame drapierte. Um ihren Hals lagen so viele Ketten, dass es bei jedem ihrer Schritte klimperte.

„Beanstock", sprach Sir Percival den Butler an, „bitten Sie doch Lady Fedora herunter, damit sie den lieben Gast begrüßen kann. Und servieren Sie dann Tee im Salon."

„Ich wäre auch für ein etwas geistigeres Getränk zu haben", erklärte Lady Minerva mit einem hysterischen Lacher.

Lady Fedora sah den Butler kurz darauf ebenso entgeistert an wie vorher ihr Ehemann.

„Wie bitte? Lady Minerva aus Kairo? Aber wie kommt die Dame dazu, sich einfach selbst einzuladen? Wir haben nicht wirklich Interesse an ihrem Buch gezeigt, und ich bin auch der Meinung, dass es diesen Titel bereits gegeben hat. Ich bin mir nur nicht sicher, wo ich ihn gelesen habe.
Was für ein seltsamer Titel für ein Buch! Nun gut, dann muss ich mich wohl damit abfinden, wenn sie bereits ihre Koffer hat bringen lassen. Ich hoffe nur, es wird nicht für sehr lange sein. Eine schreckliche Frau, und dann dieser Kleidungsstil. Ich glaube mich zu erinnern, dass sie auch der Flasche sehr zugetan war. Mein guter Beanstock, sie bekommt das blaue Zimmer, das scheint mir angemessen, da dort dieser

furchtbare Verleger Van Horten gewohnt hatte. Berichten Sie bitte Mrs Argyle. Ich gehe hinunter in den Salon."

Lady Fedora erhob sich und war unzufrieden, von ihrer Arbeit fortgezogen zu werden. Beanstock äußerte seine Meinung nicht. Er wollte die Entwicklung der Geschichte abwarten, bevor er Lady Fedora darauf aufmerksam machen würde, dass er den Titel des Buches bereits ebenfalls kannte.

Das luxuriöse Golfhotel *Rosebud* lag im Schein der untergehenden Sonne des zweiten Januars. Einige Hausangestellte waren seit dem Morgen damit beschäftigt, die letzten schmutzig grauen Schneeberge vor dem Eingang fortzufegen.

Aus dem abendlichen Dunst erschien mit leise schnurrendem Motor ein silbergrauer Rolls-Royce. Der Portier des Hotels stieg die paar Stufen hinab, nahm seine Mütze ab und öffnete die hintere Tür des Wagens.

Zuerst stieg ein Herr aus, der seine Aktentasche wie ein Schild umklammerte, als wären darin die Schätze der Welt verborgen. Er trug einen dunkelgrauen Anzug mit einer dunkelgrauen Krawatte und an den Füßen dunkelgraue Schuhe. Durch das graue Haar wirkte der ganze Herr graudurchzogen.

Er sah an der Fassade des *Rosebud* Hotels hinauf und nickte. Dann drehte er sich zu der offenen Wagentür um und nickte auch in das Dunkel des Wagens.

Dann stieg ein weiterer Herr aus dem Wagen.

Man könnte meinen, in den nächsten Tagen würde im Hotel eine Boxveranstaltung stattfinden. Der Mann war riesig, sicher fast zwei Meter groß. Er hatte kurzgeschorenes Haar, eine krumme Nase und unter dem braungebrannten Kopf konnte man keinen Hals erkennen. Zwei dunkel blitzende

Augen sahen sich um. Seine Statur war muskulös und die Hände hatten das Ausmaß von Tellern.

Der teure Maßanzug war eine Meisterleistung des Schneiderhandwerks, schwarz mit zarten Nadelstreifen und einer silbern glänzenden Krawatte. Er schnippte mit den beringten Fingern und der graue Herr lief wie der Blitz vor ihm her zum Eingang, die Aktentasche fest im Griff. Er schubste den Portier zur Seite und hielt die Tür selbst auf. Die beiden Männer betraten das Hotel und begaben sich zur Rezeption. Hinter ihnen erschienen Hausdiener mit Koffern aus Krokodilleder.

Hinter dem Tresen stand seit einiger Zeit eine neue Empfangsdame. Mrs Partridge hatte den Ort mit ihrem Mann leider verlassen. Jeder im Haus bedauerte ihren Fortgang. Sie war durch ihre ruhige, ausgeglichene Art sehr beliebt gewesen.

Die junge Dame an der Rezeption sah dem neuen Gast mit Nervosität entgegen. Sie hatte diese Stellung noch nicht lange inne und wollte nichts falsch machen. Sie war ein hübsches junges Ding mit langen blonden Haaren, die sie zu einem Zopf geflochten trug.

Die beiden Herren erreichten die Rezeption.

„Darf ich Sie im Namen des *Rosebud* Hotels willkommen heißen? Mein Name ist Miss Frost. Was kann ich für Sie tun?"

Die dunklen Augen des großen Mannes fixierten die Empfangsdame aufdringlich. Miss Frost fühlte sich sofort unbehaglich.

„Wir haben Zimmer in Ihrem Haus reserviert. Mein Name ist Victor Morosow. Ich bin der Sekretär von Mr Bosh. Das ist nett Miss Frost, Ihren Namen meine ich, denn mein Name

Morosow bedeutet auch Frost. Ist das nicht nett?", sagte Morosow mit leiser, einschmeichelnder Stimme.

Mr Bosh räusperte sich und sah seinen Sekretär böse an.

„Wir würden nun gern unsere Suite sehen", stotterte Morosow anscheinend ängstlich. „Wir hatten eine weite Anreise und Mr Bosh möchte sich ausruhen. Bitte lassen Sie Champagner auf das Zimmer bringen und etwas Obst. Mr Bosh legt großen Wert auf Diskretion und möchte nicht unnötig gestört werden."

„Natürlich. Würden die Herren sich bitte eintragen? Ich lasse Ihr Gepäck inzwischen hinaufbringen." Miss Frost hob den Arm und winkte zwei Pagen zu sich. Die jungen Männer griffen nach den Koffern.

„Suite 3.14", erklärte sie den beiden und händigte den Schlüssel aus. Dann rief sie in der Küche an und bestellte für die Suite der Herren Champagner und Obst.

Inzwischen hatten sich die Herren in das Gästebuch eingetragen, mit einer kaum lesbaren Unterschrift, wie Miss Frost bemerkte.

„Alles steht für Sie bereit und ich wünsche Ihnen einen angenehmen Aufenthalt in unserem Hotel. Für Fragen stehe ich jederzeit zur Verfügung."

Die Augen von Mr Bosh glitzerten die junge Frau an. Sie fühlte sich sehr unbehaglich und nahm sich vor, dem Besitzer des Hotels, Mr Divari, die neuen Gäste sofort zu melden.

Die beiden Herren gingen zu der breiten Marmortreppe und stiegen zur dritten Etage hinauf. In einer der luxuriösen Suiten, ausgestattet mit jeglichem neuartigen Komfort, warteten bereits die Pagen und ein Kellner mit einem Tablett. Sie betraten die Suite, der Kellner öffnete die Flasche und drapierte den Obstkorb auf einem der Mahagonitische. Morosow gab üppige Trinkgelder und schickte die Angestellten sofort wieder hinaus. Er würde sich um die Belange seines Herrn allein kümmern, bemerkte er. Dann verschloss er die Tür sorgfältig.

Er drehte sich zu Mr Bosh um, hob den Zeigefinger, drohte ihm damit und zischte zwischen den Zähnen wütend hervor: „Übertreib es nicht!"

Der muskelbepackte Koloss grinste breit.

Einige Meilen entfernt, im Nachbarort Pilpots, nahm jemand ein Zimmer im Pub mit dem hübschen Namen *Three Chattering Ducks,* der den Baronets von Parsley Manor bekannt vorgekommen wäre.

Dr. James Walton quartierte sich ein. Sicher hätte er mit seinen Mitteln, die er seinem alten, aber leider verstorbenen Freund und Geschäftspartner Ahmed Abdel Kassem verdankte, in einem besseren Hotel absteigen können. Aber er wollte nicht auffallen und deshalb hatte er in London einen unauffälligen Wagen gemietet und war an Parsley Field vorbei in den Nachbarort gefahren.

Der Wirt des Pubs hatte sich gefreut, in dieser so gar nicht touristischen Jahreszeit einen zahlenden Gast zu haben, und gab ihm sein bestes Zimmer, über das Sean O'Donoghue aus Parsley Field nur gelacht hätte.

Das beste Zimmer bedeutete hier ein hartes durchgelegenes Bett, eine Waschschüssel mit kaltem Wasser und die Toilette auf dem Flur. Dr. Walton stellte sich lieber nicht vor, wie das Frühstück hier aussehen würde, und nahm sich vor, in Parsley Field zu essen.

Aber die Aussicht auf ein weiteres schönes Artefakt, das

sich zu Geld machen ließ, gab ihm den nötigen Antrieb.

Es hatte ihn viel Mühe gekostet, dieses Stück bei der Ausgrabung in Sakkara beiseitezuschaffen. Zu viele Leute rannten an den Ausgrabungsstätten herum. Man war ständig unter Beobachtung. Aber mit ein bisschen Glück und der Hilfe eines bestochenen Aufsehers war es ihm gelungen.

Der goldene Skarabäus war ein Zufallsfund in einem der Mumiensärge gewesen. Das Grab war bereits von Räubern geplündert worden, wahrscheinlich vor vielen Jahrhunderten, obwohl es sich nur um ein anonymes Grab eines Handwerkers oder Schreiberlings gehandelt haben konnte. Man erwartete kaum spektakuläre neue Funde.

Aber James Walton hatte den Blick einer Elster und hatte das Schmuckstück sofort gesehen, als man die Mumie anhob.

Sein alter, aber nun toter Geschäftspartner hatte mit gierigen Blicken darauf gesehen und gemeint, es sei eine besondere Rarität, da auf der Rückseite eine Menge kleiner Hieroglyphen und eine Landkarte eingraviert waren.

Er musste es unbedingt so schnell wie möglich zurückbekommen. Zum Glück hatte er in Ägypten eine Kopie angefertigt, bevor er es der Zofe gegeben hatte.

Erst nach der Übersetzung der Hieroglyphen auf dem Käfer traf ihn die Erkenntnis wie ein Hammerschlag, was er da aus den Händen gegeben hatte.

Es war so viel mehr als nur ein weiteres goldenes Artefakt.

Er hatte sich noch nicht überlegt, wie er diese dumme kleine Zofe dazu bringen konnte, es wieder zurückzugeben.

„Kommt Zeit, kommt Rat", dachte er bei sich.

Parsley Manor und seine Gäste

Lady Fedora lauschte den ermüdenden Ausführungen ihres Gastes. Seit einer Stunde referierte Lady Minerva sehr ausführlich über den Inhalt ihres geplanten Romans *Schnee auf dem Antlitz der Sphinx*. Nach Lady Fedoras Einschätzung hätte diese Geschichte nach zehn Seiten ihr Ende gefunden, da die Akteure am Ende waren oder der Leser eingeschlafen. Im Moment würde sich der Roman auf viele hundert Seiten quälen. Und noch immer war kein Schnee in der Wüste gefallen.

Sie überlegte angestrengt. Wo hatte sie diesen Buchtitel schon einmal gehört? Es wollte ihr nicht einfallen.

„Aber natürlich verrate ich Ihnen nicht den Ausgang meiner Geschichte, damit würde ich Ihnen die Spannung nehmen, meine Liebe", schwafelte Lady Minerva und kicherte und nippte bereits an ihrem dritten Glas Sherry.

Lady Fedora schreckte aus ihren Gedanken, lächelte, goss sich eine weitere Tasse Tee ein und griff schnell zu einem der Ingwerkekse, um nicht sofort antworten zu müssen.

Ihr Gegenüber sah sie erwartungsvoll an. Was sollte sie ihr sagen? Es war eine vertrackte Situation.

Wo blieb eigentlich Beanstock, wenn man ihn brauchte?, sinnierte die Dame des Hauses erschöpft. Sie räusperte sich, holte tief Luft und griff zu dem nächsten Keks.

Lady Minerva schenkte sich Sherry nach. Inzwischen hatten ihre Bewegungen schon leicht rudernde Formen angenommen.

„Ich wäre Ihnen so dankbar, wenn Sie sich bei Ihrem Verlag für mich verwenden, meine Liebe", sagte die Dame und spielte dabei mit ihren vielen Ketten. „Ich kann mir vorstellen, dass Sie das Ausmaß meines Werkes erst einmal verkraften müssen. Ich denke, ein kleines Schläfchen wird mir jetzt guttun. Vielleicht reden wir heute Nachmittag noch einmal darüber. Wie dankbar ich Ihnen bin."

Die Dame erhob sich leicht schwankend und ging im Zickzack in die Halle. Lady Fedora hörte ihre Schritte auf der Treppe und hoffte, sie würde nicht stürzen. Oder hoffte sie es vielleicht doch? Mit weit aufgerissenen Augen wurde Lady Fedora sich bewusst, was sie gedacht hatte. Sie begab sich ebenfalls in die Halle und horchte angestrengt hinauf zu den Gästezimmern des Hauses. Eine Tür fiel laut zu. Lady Fedora atmete auf. Sie ging zur Bibliothek, wo sich ihr Gatte den gesamten Vormittag versteckt hatte.

„Du bist so ein Feigling. Wie konntest du mich mit dieser Frau den gesamten Vormittag allein lassen? Also wirklich, Perci, unterstütze mich etwas mehr!"

Sie ließ sich schwer in einen Sessel sinken und schloss für einen Moment die Augen.

„Oh, ich hoffe, es ist bald vorbei. Wie werden wir sie wieder los? Ich kann sie doch nicht hinauswerfen. Oder kann ich das, Darling?", wandte sie sich hilfesuchend an ihren Gatten.

„Meine arme kleine Fedora. Es tut mir leid, aber ich kann diese Dame nicht ertragen. Wir sollten über die Pflanzen in deinem Garten nachdenken. Es gibt doch sicher eine Pflanze, die uns von dieser Plage befreit." Er lachte dabei ausgiebig.

Seine Frau war nicht so amüsiert und sah ihn entsetzt an.

„Perci, bist du von allen guten Geistern verlassen? Darüber darf man keine Scherze machen. Erinnere dich an das letzte Jahr und unser liebes Patenkind!"

„Aber nicht doch", wehrte Sir Percival ab, „ich meinte doch nur ein Mittel, damit sie einfach länger schläft und aufhört zu schwafeln, verstehst du? Ich will ihr doch nichts antun. Hast du eigentlich herausbekommen, wie sie zu ihrem Titel gekommen ist? Ist sie wirklich eine Lady?"

„Warum siehst du nicht einmal im *Who is Who* nach, Darling? Wozu hast du denn sonst diese riesige Bibliothek?"

Bevor Sir Percival antworten konnte, klopfte es an der Tür zur Bibliothek und der Butler erschien mit einem silbrigen Tablett auf der Hand.

„Sir, ein Telegramm aus London von Professor Ian McGregor."

Sir Percival öffnete es voller Vorfreude. Er hatte schon seit langem auf eine Antwort von seinem alten Schulfreund aus London gehofft.

Professor McGregor arbeitete im Britischen Museum als Kurator und war ein Füllhorn des Wissens über Legenden und Sagen der Insel. Im letzten Jahr hatte Sir Percival ihn eingeladen zu kommen, um mit ihm seine eigenen Theorien zu der heimischen Sagenwelt zu diskutieren. Leider hatte der Professor sehr wenig freie Zeit zur Verfügung. Er ging in seiner Aufgabe im Britischen Museum vollkommen auf und seine Mitarbeiter hatten schon vermutet, dass er dort heimlich wohnen würde.

Man hatte sich in der Halloweenzeit einmal einen Scherz mit ihm erlaubt und in einem der leeren Sarkophage aus der ägyptischen Sammlung Kissen und Bettdecke untergebracht.

73

Daneben hatten sie einen Nachttisch mit Wecker und vor dem Sarkophag Pantoffeln aufgestellt. Am Schild davor war zu lesen: *Bitte nur im Notfall wecken, Professor McGregor.*

Der Professor war irgendwie gar nicht amüsiert gewesen. Nicht weil man sich über ihn lustig machen wollte, sondern über die Blasphemie mit dem Sarkophag. Ein Schuldiger konnte nicht ermittelt werden und so verlief die Sache dann nach einiger Zeit im Sand.

„Wie wunderbar!", rief Sir Percival aus und wedelte mit dem Telegramm wie mit einem Taschentuch vor den Augen seiner Gattin herum.

„Endlich kommt Ian und er will einige Zeit hier verbringen. Stell dir vor, meine Liebe, er wurde pensioniert und hat nun endlich Zeit für seinen alten Schulfreund."

„Ob man ihn wohl zwangspensioniert hat? Ich weiß nicht, aber er war doch etwas sehr eigentümlich, als wir ihn beim letzten Mal im Museum besuchten. Erinnerst du dich, Perci? Er redete mit den Mumien. Ich fand das sehr extravagant, oder?"

Sir Percival winkte entschlossen ab und erhob sich mit neuem Elan von seinem Sessel. Er war hocherfreut, einen Gegenpol zu dieser Schreckschraube Minerva zu bekommen.

„Beanstock!", dröhnte er so laut, dass die Porträts seiner Ahnen an den Wänden wackelten. „Bereiten Sie bitte eins der Gästezimmer vor, und Gonzales soll den Professor heute Abend um achtzehn Uhr vom Bahnhof abholen. Ach ja, Beanstock, stellen Sie eine von den guten Flaschen Dreißiger Bordeaux bereit."

Er rieb sich in Vorfreude die Hände und lief zu seinem Schreibtisch, um seine Unterlagen zu ordnen.

Lady Fedora erhob sich stöhnend. Sie ahnte, dass sie auf sich allein gestellt war, wenn es um die Dame Minerva ging.

Der Butler informierte sofort die Hausdame, und Lizzy brachte das grüne Gästezimmer in Ordnung, bezog das Bett und stellte eine Karaffe mit Wasser bereit.

Als sie das Zimmer verließ, sah sie den anderen Gast der Herrschaft. Die Dame stand an der Verbindungstür zum Dienstbotentrakt, um im Bedarfsfall, wenn man läuten würde, sofort zur Stelle sein zu können. Lizzy sah sie fragend an.

„Kann ich Ihnen behilflich sein, My Lady?", fragte sie.

Lady Minerva kicherte ausgelassen und schwankte dabei wie ein Grashalm im Wind.

„Vielen Dank, liebes Kind, ich hatte mich verlaufen und war zurück auf dem Weg in mein Zimmer." Wieder lachte die Dame hysterisch.

„Wie dumm ich bin. Mein Zimmer ist doch auf der anderen Seite. Ich werde ein Schläfchen machen, dann geht es wieder mit neuem Elan ans Werk." Sie lief davon und sah sich immer wieder lachend zu dem Hausmädchen um.

Lizzy empfand diesen Vorfall als sehr eigenartig und berichtete dem Butler davon, als sie zurück im Dienstbotenbereich war.

Beanstock lobte sie für ihre Aufmerksamkeit und machte sich dann seine eigenen Gedanken. Diese Lady war ein seltsamer Gast. Er würde das so natürlich nicht der Herrschaft gegenüber erwähnen, aber er nahm sich vor, die Dame im Auge zu behalten.

Er sprach mit Mrs Argyle. Ab sofort solle die Tür zu den Dienstbotenzimmern in der oberen Etage verschlossen werden, erklärte er ihr. Er würde Lady Fedora und Sir Percival nicht damit belasten. Einen der Schlüssel sollte die Hausdame verwalten, den anderen Schlüssel behielt Beanstock. Er steckte ihn in seine Westentasche und klopfte nach alter Gewohnheit dreimal darauf, um sicher zu sein, dass er gut verwahrt sein würde.

Mit dem Abend kam der alte Freund Sir Percivals.

Ian McGregor war ein Herr in den Siebzigern mit schneeweißem Haar, das wie eine Löwenmähne um seinen Kopf wirbelte. Er trug am liebsten diese wunderbar bequemen braunkarierten Tweedanzüge mit vielen Taschen für die notwendigen Dinge des Tages, einen Kneifer für die Augen, einen Stift und einen kleinen Notizblock.

Eine alte Taschenuhr, die, wie es aussah, bereits den Napoleon Feldzug mitgemacht zu haben schien, und ein großes rotkariertes Taschentuch - der Professor liebte großflächige bunte Taschentücher - durften ebenfalls nicht fehlen. Dann natürlich eine kleine Tüte Himbeerbonbons ohne die er das Haus nicht verließ, und ein winziges Buch über die *Welt der Pharaonen*. Denn das war sein Tätigkeitsfeld im Britischen Museum in London, die Pharaonen.

Er hatte Archäologie studiert und danach einen Posten als Kurator der ägyptischen Abteilung angenommen. Zu einer geplanten Grabung im Tal der Könige war es leider niemals gekommen und nun fühlte er sich einer Expedition gesundheitlich nicht mehr gewachsen.

Sir Percival hatte ihn auf dem College kennengelernt und sie waren schnell gute Freunde geworden. Seitdem gab es einen regen Informationsaustausch zwischen ihnen, der auch während der Kriegsjahre nicht ganz abgerissen war.

Ian McGregor hatte in Oxford studiert und danach seine

Professur angestrebt. Und nun hatte man ihn in Pension geschickt.

Nach einem angenehmen Dinner und einer guten Flasche Wein zogen sich die Herren in die Bibliothek zurück. Sir Percival freute sich auf den Meinungsaustausch und konnte es kaum erwarten, mit seinem Freund über die Legendenwelt der Region zu diskutieren.

Doch im Moment hatte er den Eindruck, dass seinen Freund etwas bedrückte. Bereits beim Dinner war ihm aufgefallen, wie still er war. Aber da hatte es der Hausherr noch der Redseligkeit dieser Quasselstrippe Minerva zugeschrieben. Man kam kaum zu Wort bei dieser seltsamen Dame.

Nun saßen sich die Herren gegenüber und beobachteten die Flammen im Kamin. Beanstock hatte Whisky serviert und die beiden Freunde prosteten sich schweigend zu. Der sonst so redselige Professor schien keine neue Geschichte für seinen alten Freund mitgebracht zu haben. Sir Percival sah seinen Gast nachdenklich an.

„Was bedrückt dich, Ian?", fragte er vorsichtig. „Kann ich dir irgendwie behilflich sein?"

Sein Gegenüber runzelte die Stirn, stellte sein Whiskyglas ab und suchte scheinbar nach passenden Worten.

„Sie haben mich einfach so entlassen, Percival. Nach all der langen Zeit bin ich scheinbar nicht mehr gut genug für die ägyptische Abteilung des Museums. Sie haben so einen jungen Kerl befördert, frisch aus Oxford gekommen, keine Erfahrung auf dem Gebiet, war noch niemals in Ägypten, hat noch niemals mit eigenen Augen eine Mumie begutachtet." Die Augen des Professors bekamen einen feuchten Schein.

„Du warst auch noch nie in Ägypten bei einer Ausgrabung, alter Freund. Wie alt ist denn der junge Mann?"

„Stell dir vor, fünfundvierzig Jahre alt ist dieser Mann. In diesem Alter sitzt man noch in der Vorlesung und lauscht den Ausführungen der Professoren. Er ist nur Doktor der Archäologie. Eine Medaille haben sie mir angesteckt an meinem letzten Tag, als ob so ein Stück Blech vierzig Jahre im Dienst der Pharaonen und des Museums repräsentieren könnte." Aufgebracht kippte der Professor den guten alten Whisky mit Schwung in seinen Mund.

„Mein lieber Freund", versuchte Sir Percival vorsichtig, „dieser Tag musste kommen. Du weißt, wie dankbar dir das Museum für deine Dienste ist. Jetzt ist es Zeit, einen neuen Weg zu beschreiten. Du hättest Zeit, deinen Hobbys nachzugehen, recherchiere, schreib ein Buch, bereise die Welt. Es gibt noch so viele Dinge zu erforschen. Irgendwann kommt für jeden Menschen dieser Tag. Die Jüngeren müssen auch eine Chance bekommen, ihr Leben zu gestalten. Man sollte nicht an seinem Posten über die Maßen kleben, das führte schon so oft zur Selbstüberschätzung. Ich finde es für dich an der Zeit, egoistisch zu sein und etwas für dich ganz allein zu tun."

„Und das sagst du nicht nur, weil du mich endlich hierherbekommen hast, um deine Legendengeschichten durchzusehen?", nuschelte der Professor leise vor sich hin.

Sir Percival lächelte, erhob sein Glas und prostete seinem alten Freund zu.

„Auf den unruhigen Ruhestand, mein alter Freund!", polterte Sir Percival in seiner altbekannten Art.

Professor Ian McGregor lächelte verhalten und die

verräterischen feuchten Spuren in seinen Augen verschwanden. Da sein Glas leer war, prostete er seinem Gegenüber mit dem leeren Glas zu.

„Ich wusste, es war richtig, zu dir zu kommen", sagte er aufrichtig. „Auf dich, mein alter Freund! Ich freue mich auf deine alten angestaubten Geschichten. Lass uns morgen damit beginnen. Ich glaube, nach den lautstarken Erzählungen deines Gastes brauchen wir heute noch etwas mehr Whisky und etwas mehr Ruhe."

Sir Percival erhob sich und zog an der Klingelschnur neben dem Kamin.

„Ich muss mich wirklich entschuldigen für diesen seltsamen Gast. Du weißt ja, dass wir in Ägypten waren. Dort haben wir diese Dame kennengelernt. Sie hat sich einfach selbst eingeladen mit dem Ansinnen, dass meine liebe Gattin sie bei ihrem Buchprojekt unterstützen solle. Ich weiß nicht, ich rechne diesem Buch nicht viel Erfolg zu. Allein schon dieser seltsame Titel."

„Wie soll denn der Titel des Buches lauten? *Whisky und Gin*?"

Die Herren lachten ausgelassen, als der Butler nach kurzem Klopfen mit einer Whiskykaraffe das Zimmer betrat. Er hatte den Wunsch seines Arbeitgebers vorausgesehen.

„Oh nein, stell dir nur vor, *Schnee auf dem Antlitz der Sphinx* soll das Buch heißen. Was für ein Unsinn!" Sir Percival und sein Gast lachten ausgiebig.

Beanstock lachte nicht, er schmunzelte noch nicht einmal. Ihm, als Liebhaber der Agatha-Christie-Krimis, war der Titel sofort aufgefallen.

„Sind Sie sich sicher bei dem Buchtitel der Dame, Sir?",

fragte er vorsichtig.

„Ja natürlich, sie posaunt ihn doch alle paar Minuten heraus, ob man es hören will oder nicht. Warum fragen Sie, Beanstock?"

„Ich hatte bereits die Absicht, Lady Fedora zu informieren. Ich kann mit absoluter Bestimmtheit sagen, dass es diesen Titel bereits in der wunderbaren Kriminalgeschichte von Agatha Christie *Tod auf dem Nil* gibt. Im Buch schreibt die trunksüchtige Schriftstellerin Salome Otterbourne an dem Buch *Schnee auf dem Antlitz der Sphinx*. Mrs Christies Roman erschien bereits 1937. Ich kann Ihnen gern das Buch zeigen, Sir."

Die Herren sahen sich reihum entgeistert an. Dann lachte Sir Percival aus vollem Halse. Professor McGregor kicherte wie ein Schulmädchen.

Beanstock dagegen verzog noch nicht einmal den Mund. Diese Dame hatte etwas anderes im Sinn, als mit Lady Fedora ein Buch durchzusprechen. Beanstock war davon überzeugt und würde sie auf jeden Fall ganz genau im Auge behalten.

„Wenn ich meiner lieben Frau davon erzähle! Sollte ich ihr davon erzählen? Beanstock, was meinen Sie dazu? Die ganze Geschichte ist seltsam. Fedora würde die Dame mit anderen Augen sehen. Aber trotzdem wären wir sie nicht los."

„Natürlich müssen Sie My Lady darüber in Kenntnis setzen. Vielleicht gibt es ja eine ganz einfache Erklärung für diesen Titel. Schon so mancher Autor hat gedacht, etwas vollkommen Neues erdacht zu haben, hatte es aber nur irgendwo einmal gehört und es dann wieder vergessen."

Sir Percival nickte. Professor McGregor hatte sich noch immer nicht beruhigt und kicherte. Beanstock füllte die

Gläser mit dem goldbraunen duftenden Whisky und verließ dann das Zimmer.

Als der Hausherr spät an diesem Tag sein Schlafzimmer möglichst leise betreten wollte, saß Lady Fedora hellwach in ihrem Bett und las. Es war lange nach Mitternacht. Die kleinen rosa Flecken auf Sir Percivals Wangen erzählten seiner Gattin von einem ausgelassenen Herrenabend.

„Wenigstens hatte einer in diesem Haus Spaß", sagte sie leise und setzte ihre Lesebrille ab.

„Bitte entschuldige, meine Liebe. Ich habe aber noch eine wundervolle Neuigkeit für dich. Wieder einmal konnte uns der gute Beanstock, schöpfend aus seinem Füllhorn des Wissens, behilflich sein."

Sir Percival berichtete seiner staunenden Gattin von dem gestohlenen Buchtitel der Lady Minerva.

Sekundenlang sagte sie kein einziges Wort.

„Das ist ja die Höhe! Wie kann sich diese Person hier so aufführen? Und dann entpuppt sich das Ganze als Schall und Rauch!", wetterte sie drauflos.

„Warte erst einmal ihre Erklärungsversuche ab. Vielleicht ist es wirklich ein Versehen und es gibt eine ganz einfache Erklärung. Wir sollten ihr erst einmal keinen Vorsatz zum Betrug vorwerfen. Ich glaube, sie ist eine arme verlorene Seele."

„Also wenn diese Dame eine arme Seele ist, dann möchte ich wissen, was wir darstellen sollen. Seelentröster? Oder sind wir einfach bessere Ginlieferanten für sie?"

„Ich sehe schon, du bist sehr aufgebracht. Jetzt beruhige dich und versuch zu schlafen. Morgen sieht alles viel besser aus. Wir werden auch diese Nemesis überstehen", versuchte Sir Percival seine Gattin zu beruhigen.

„Du hast ja gut reden! Du hast den netten Ian an deiner Seite und immer eine gute Gelegenheit, dich deinen Pflichten zu entziehen. Ich muss diese Möchtegernschriftstellerin ertragen. Oh, diese verdammte Gastfreundschaft!"

So aufgebracht hatte Sir Percival seine Gattin selten erlebt. Er nahm sich vor, sie mehr zu unterstützen. Als er dann lächelnd neben ihr lag, der Schlaf ihn nach kürzester Zeit in die Traumwelt entführte und sein whiskygetränkter Atem in leisen Wolken zu seiner Gattin waberte, musste auch Lady Fedora lächeln und sah zärtlich zu ihrem Gatten. Man konnte ihm nicht lange böse sein.

Soireé im Rosebud Hotel

Der Hotelbesitzer Davinder Davari hatte eingeladen.

Nach den furchtbaren Ereignissen des Vorjahres wollte er mit Freunden, Nachbarn und Geschäftspartnern seinen persönlichen Neuanfang feiern.

Der Mord an der Schauspielerin Inga Hillmann auf Parsley Manor im letzten Jahr hatte auch ihn in die Schlagzeilen der Presse befördert. Er war in seiner Jugend in Priscilla, die sich nun Inga nannte, verliebt gewesen und hatte damals die Absicht gehabt, sie zu heiraten. Seine Eltern im fernen Indien hatten das verhindert und als dann Priscillas Eltern bei einem Unfall gestorben waren, hatte sich eine Tante in London der beiden Mädchen angenommen. Für die Mädchen hatte eine dunkle Zeit bei dieser hartherzigen Frau begonnen, die nur auf ihren eigenen Vorteil bedacht war.

Priscillas Schwester starb in Bedlam, einer Nervenheilanstalt in London. Priscilla lief davon und man hörte lange Zeit nichts von ihr, während ihre Tante von dem Geld der Hillmans gut leben konnte. Als Miss Hillman wieder in Parsley Field erschien, war sie nicht nur älter und klüger, vielmehr eine gefeierte Hollywoodschauspielerin.

Sie nannte sich nun Inga Hillman und wollte von Davinder nichts mehr wissen. Das hatte ihn tief getroffen. In dieser schweren Zeit war seine damalige Sekretärin Miss Sommerset eine große Stütze für ihn.

Zwischen den beiden hatte sich mehr als nur Zuneigung entwickelt und so wurde am Anfang des Jahres die Verlobung bekannt gegeben.

Das *Rosebud* Hotel glänzte im Schein hunderter Lichter. Auf der Zufahrt zum Hotel standen Pagen mit Fackeln, um die Gäste willkommen zu heißen. Die Hotelhalle und das angrenzende Restaurant hatte man in ein Meer von Blumen getaucht, was in dieser kalten Jahreszeit ein schwieriges Unterfangen gewesen war. Der Hotelbesitzer hatte keine Kosten gescheut. Sogar Tänzer aus dem fernen Indien waren angereist.

In der Mitte der Hotelhalle hatte man Platz geschaffen. Die herumwirbelnden Tänzer in ihren glänzenden Kostümen, die exotische Musik und die duftenden Blumen verwandelten das Hotel in den Palast eines Maharadschas.

Um achtzehn Uhr trafen die ersten Gäste ein. Mr Divari und seine Verlobte warteten bereits am Eingang. Der Hotelbesitzer in einem traditionellen indischen Anzug und seine Verlobte in einem langen, atemberaubenden, weißen, perlenbesetzten Seidenkleid mit einer Stola aus indischer glitzernder Seide.

Bald füllte sich die Hotelhalle mit festlich gekleideten Damen und Herren. Lady Fedora sah nicht sehr zufrieden aus.

Ihr ungebetener Gast Lady Minerva, in einen weiten, silberblauen Kaftan gehüllt, mit einem seltsam anmutenden Gebilde auf dem Kopf, das aus einem Vogelnest gemacht zu sein schien und ihr halbes Gesicht verdeckte, klimpernden Ketten und mehreren Goldreifen am Handgelenk, schien sich dagegen wunderbar zu amüsieren und schwankte wie eine bunte Blume im Sommerwind.

Sir Percival, der mit Ian McGregor hinter den beiden Damen ging, flüsterte seinem Freund etwas zu, das diesen zum Kichern brachte. Wahrscheinlich spielte er auf den Ginpegel der Dame an, die bereits auf Parsley Manor mehr, als gut für sie war, getrunken hatte. Aus diesem Grund hatte Lady Fedora darauf bestanden, Beanstock mitzunehmen. Das war unüblich und würde vielleicht auch das ein oder andere Kopfschütteln verursachen, aber in diesem Fall war es My Lady egal, versnobt zu wirken. Sie wollte gewappnet sein, falls es am Ende des Abends nötig sein würde, die Dame hinauszutragen zu müssen. Auf jeden Fall hatte sie in den letzten Tagen wiederholt im negativen Sinne bewundern müssen, wie standhaft Lady Minerva trotz ihres ausgiebigen Alkoholgenusses war, ganz abgesehen von ihrem unsäglichen Zigarettenkonsum.

Beanstock sah seinen Arbeitgebern aufmerksam nach und gesellte sich danach zu Gonzales, der neben seinem Wagen wartete. Sie würden sich bis zur Rückkehr im Dienstbotenbereich des Hotels aufhalten, wo Tee und Gebäck serviert wurden.

In der Hotelhalle wurde prickelnder Champagner kredenzt. Kellner gingen mit riesigen Tabletts voll der interessantesten Speisen herum. Der Duft der Blumengestecke mischte sich mit den Aromen der indischen Gewürze zu einem betörenden Gemisch.

Ein eleganter Herr näherte sich Sir Percival, der sich mit seinem Freund Ian in reger Diskussion befand.

„Sir Percival, wie schön, Sie so schnell wiederzusehen!", rief Dr. James Walton aus und streckte dem Baronet die Hand entgegen.

Sir Percival war vollkommen überrascht und konnte im ersten Moment nicht antworten. Dann besann er sich und stellte seinem Freund Dr. Walton vor.

„Sie waren also in Sakkara tätig?", fragte Ian McGregor fasziniert. „Sie müssen wissen, dass ich für das Britische Museum in der Ägyptenabteilung gearbeitet habe und die Ausgrabungen immer verfolgt habe. Bei wem waren Sie denn dort tätig? Vielleicht beim alten Henry? Hab ihn lange nicht gesehen. Wie geht's dem Maulwurf?" Er lachte ausgiebig über seine Wortwahl und sah Dr. Walton aufmerksam an.

Dessen Blick wirkte plötzlich abwesend, er starrte in eine andere Richtung und schien jemanden erkannt zu haben, der ihm nicht gefiel. Mit fahrigen Bewegungen stellte er dem nächstbesten Kellner sein halbgefülltes Glas zurück auf das Tablett.

„Wen sehe ich denn dort hinten? Meine Herren, bitte entschuldigen Sie mich, aber ich sehe gerade einen guten alten Freund. Wir werden sicher später noch die Gelegenheit haben, uns zu unterhalten." Damit verschwand James Walton so schnell, wie er gekommen war, und ließ zwei verdutzte Herren zurück.

Im Hintergrund der Hotelhalle hatte Victor Morosow die Szene genau beobachtet. Er nickte Mr Bosh zu, der soeben die Treppe herabkam. Bosh hatte verstanden und folgte mit den Augen aufmerksam den Schritten von Dr. Walton. In diesem Moment kam aus dem Restaurant Julien Preston geschlendert.

Victor Morosows Augen wurden zu Schlitzen. Er nahm von einem Tablett, das von einem Kellner vorbeigetragen wurde, ein Glas Champagner und schlenderte unauffällig durch den Raum. Seinen Augen entging nichts.

Als er die Gruppe um den Baronet Parsley erreichte, wäre er fast mit Lady Minerva kollidiert, die mit Schwung ein Glas in die Höhe hielt und mit Lady Fedora auf ihr neues Buch anstoßen wollte. Ein guter Teil des Champagners landete auf dem Revers des Herrn, der sich angewidert mit seinem Taschentuch zu säubern versuchte.

„Wie mir das leidtut!", säuselte Lady Minerva schwankend und zückte bereits ebenfalls ein Tuch aus ihrer perlenbesetzten Tasche. Sie wischte eifrig an der nassen Jacke herum und konnte Victor Morosow nicht genug erklären, wie leid ihr diese Sache tue.

Schließlich schob Mr Morosow das Tuch zur Seite, verneigte sich kurz und ging schnellstens davon.

Lady Fedoras Augen blieben noch eine ganze Weile geschlossen. Es wurde ihr so unangenehm, dass sie ihren Mann fragte, ob es nicht Zeit sei zu gehen.

„Wir sind doch erst angekommen, meine Liebe, wir können nicht sofort wieder gehen. Das wäre sehr unhöflich, denke ich. Sieh nur, Fedora, da kommt deine Freundin Lady Marjorie", versuchte Sir Percival seine Gattin zu beruhigen.

Er begrüßte Lord und Lady Southcoffelton herzlich und flüsterte seinem Freund leise etwas zu. Lord Mortimer hob verwundert eine Augenbraue und zwirbelte nervös an seinem Bart herum. Fast wäre ihm ein unangebrachter Fluch entschlüpft. Seine Gattin, die mit seinen Flüchen sehr vertraut war, drückte noch rechtzeitig seinen Arm und schüttelte stumm den Kopf.

Glücklicherweise entschuldigte sich Lady Minerva laut kichernd und verfolgte einen Kellner mit einem Tablett, auf dem Gläser mit Cocktails standen. Lady Fedora atmete erleichtert auf.

„Wie um alles in der Welt kommt diese schreckliche Person

hierher?", fragte nun leise Lady Marjorie in die Runde.

„Sie hat sich einfach eingeladen. Wir konnten es auch nicht fassen, und ehe wir´s uns versahen, hatte sie sich bei uns einquartiert. Was sollen wir tun, ohne unhöflich zu erscheinen?", stieß Lady Fedora ärgerlich hervor.

„Du hast mein Mitgefühl!", stieß Lord Mortimer hervor.

Beanstock hielt es zu dieser Zeit nicht mehr im Dienstbotenbereich. Gonzales hingegen war in seinem Element. Das Angebot an hübschen Zimmermädchen war für ihn das Paradies.

Der Butler ging durch einen langen Gang an der Küche vorbei zur Hotelhalle. Geschäftig liefen Kellner mit leeren Tabletts oder schmutzigem Geschirr an ihm vorbei. Sie beachteten ihn nicht. Er betrat die Hotelhalle und stellte sich neben eine der Sitzgruppen im Hintergrund. Von dort hatte er einen guten Überblick über das Geschehen.

Er konnte Lady Minerva sehen, die mit einem vollen Cocktailglas in Richtung der Toiletten verschwand. Beanstock sah ihr interessiert nach, denn ihr ansonsten eher schwankender Gang schien nun geradlinig und zielgerichtet.

Er hielt Ausschau nach den Baronets Parsley und entdeckte sie gemeinsam mit dem Professor und Lord und Lady Southcoffelton im angrenzenden Restaurant. Sie wurden soeben von einem Kellner zu einem der Tische gebracht. Zufrieden wandte sich der Butler ab und wollte wieder im hinteren Bereich verschwinden, als er etwas Seltsames bemerkte.

Einer der Gäste, ein ausgesprochen dünner Herr, dessen feiner Smoking wie eine windgepeitschte Fahne seinen Körper umspielte, schien sich aufgeregt mit einem anderen Herrn zu streiten. Sein braunes Gesicht hatte bereits einen ungesunden Rotton angenommen, und in diesem Moment griff er sein Gegenüber am Revers des Anzugs und zog ihn zu sich heran.

Es waren schon andere Gäste aufmerksam geworden und Beanstock versuchte etwas näher heranzukommen. Er schlängelte sich durch die Gästemassen und blieb neben einer anderen Sitzgruppe in Hörweite der beiden Streithähne stehen. Der Beschimpfte zückte sein Zigarettenetui, schüttelte die Hand, die ihn festhielt ab, und grinste dabei unverschämt. Er fiel Beanstock besonders durch seine ebenfalls braungebrannte Haut auf, als ob er längere Zeit in der Sonne verbracht hätte. Beanstock hörte nur noch die letzten Sätze des dünnen Mannes.

„Dieses Mal entkommen Sie mir nicht, Walton, Sie Betrüger. Ich weiß, was Sie getan haben. Ich werde die Behörden verständigen, dann werden wir ja sehen, wer das letzte Wort hat."

Der dünne Mann ging zitternd vor Ärger davon, und Beanstock beobachtete, wie er sich am Eingang einen Mantel aushändigen ließ und das Hotel schnellen Schrittes verließ. Als er sich nach dem anderen Herrn umsah, war dieser verschwunden.

Im Hintergrund hörte Beanstock das Klappern von Stricknadeln. Er war verwundert. Wer würde an dem Abend einer Soireé in der Hotelhalle sitzen und stricken?

„Eins links, zwei rechts, eine fallen lassen", murmelte eine Frauenstimme. „Ein schöner Abend, finden Sie nicht auch Sir? Wie geschaffen für einen kleinen Disput unter eleganten Herren. Das ist Ihnen doch sicher aufgefallen", sagte eine kleine alte Dame, die in einem der bequemen Sessel in seiner

Nähe saß, strickte und dem bunten Treiben zusah. „Schade, schon morgen muss ich wieder zurück in mein kleines Dorf. Mein lieber Neffe hat mir den Aufenthalt in diesem wundervollen alten Hotel geschenkt. Golfen Sie, wenn ich fragen darf? Ich bin begeistert von diesem kleinen Ball und wohin man ihn treiben kann. Den Herrn, den Sie suchen, hat der kleine Streit wohl vertrieben. Er ist gerade im Restaurant verschwunden. Seltsam braungebrannt, nicht wahr? Er kommt wohl aus einem warmen Land, Italien oder Nordafrika wahrscheinlich. Ich habe arabische Schriftzeichen auf seinem Zigarettenetui bemerkt, also wohl eher Nordafrika?" Die alte Dame sah von ihrem Strickzeug zu Beanstock auf und lächelte ihn an. Beanstock bemerkte ihre wunderbar blauen leuchtenden Augen.

Sie hatte ein bequemes dunkles Kostüm an und sehr bequeme schwarze Schuhe mit einer kleinen Samtschleife an der Seite. Ihre grauen Haare waren zu einem vorschriftsmäßigen Knoten gebunden und um den Hals trug sie die Perlenkette, die an einem solchen Abend nicht fehlen durfte.

Beanstock neigte höflich den Kopf.

„Sie dürfen mich Beanstock nennen, Madame. Ich bin der Butler der Baronets von Parsley und wollte nachsehen, ob die Herrschaften etwas benötigen."

„Sie sind ein Butler, ich dachte es mir. Wie wundervoll."

Die alte Dame packte ihr Strickzeug in eine bereit stehende Tasche, erhob sich schwungvoll und trat an den Butler heran.

„Alte Frauen werden schneller müde. Ich werde mich auf mein Zimmer zurückziehen. Es war nett, mit Ihnen zu plaudern, und ich gebe Ihnen noch etwas auf den Weg mit. Es gibt leider nicht nur Gutes, nein, auch das Böse unter der Sonne gehört zu unserem Leben. Leider, Mr Beanstock. Aber wie langweilig wäre das Leben, wenn alle immer nur gut wären, nicht wahr? Gute Nacht."

Beanstock verneigte sich und sah der Dame noch lange nach. Die alte Lady summte leise ein Lied, als sie die Treppe zu den Zimmern hinaufging. Er musste lächeln.

„Wenn ich im Alter nur halb so gut beisammen sein werde, wäre ich sehr zufrieden", flüsterte er.

Er sah sich nach den Baronets um und entdeckte sie in regem Gespräch vertieft im Restaurant des Hotels. Als er sich auf den Weg zurück in den Dienstbotenbereich machen wollte, fiel ihm der Herr wieder auf, der sich vor kurzem mit jemandem gestritten hatte. Er strebte ebenfalls eilig dem Ausgang zu, nahm seinen Mantel und ging. Als sich Beanstock noch fragte, was das zu bedeuten hatte, bemerkte er den nächsten eiligen Gast auf dem Weg nach draußen.

Es handelte sich um den Mann, der ihm bereits aufgefallen war durch seine riesige bullige Gestalt. Er erinnerte ihn an einen Boxer mit seinen muskelbepackten Armen und dem fehlenden Hals.

Dann bemerkte Beanstock Lady Minerva. Sie kam aus Richtung der Toiletten, griff schwungvoll nach einem Glas Champagner vom Tablett eines der Kellner und ging festen Schrittes leicht lächelnd zum Restaurant. Dort wurden ihre Schritte zunehmend unsicherer. Als sie schließlich den Tisch der Baronets erreicht hatte, konnte Beanstock das hysterische Lachen, für das die Lady bekannt war, bis zu seinem Platz hören.

Beanstock ging zurück, setzte sich neben Gonzales und verfiel in Schweigen. Er hatte ein ganz seltsames Gefühl im Magen, wie tausende Schmetterlinge, aber er war sich bewusst, dass es auf keinen Fall daher rührte, weil er sich eventuell verliebt hätte. Die Schmetterlinge in seinem Magen hatten spitze scharfe Flügel und bereiteten ihm Schmerzen.

Der Rest des Abends verlief ohne größere Probleme.

Gegen 23.45 Uhr wurde nach Gonzales und dem Butler geschickt und die Herrschaften fuhren zurück nach Parsley Manor.

Lady Minerva, die fest schlief und lautstark schnarchte, war endlich verstummt.

Ian McGregor erzählte auf der kurzen Fahrt zurück zum Haus über die letzten interessanten Objekte, die aus Ägypten angekommen waren, als er dort als Kurator gearbeitet hatte. Es waren natürlich nur Leihgaben aus dem Museum in Kairo.

Besonders interessant war eine noch nicht datierte Mumie aus der 18. Dynastie. Es fand sich keine Kartusche am Sarkophag, die Aufschluss über die Identität des Toten geben konnte. Aber aufgrund der Qualität der Mumifizierung war man sicher, zumindest einen Angehörigen des Königshauses vor sich zu haben.

Ein sehr interessantes Puzzle der Geschichte, erklärte der Professor begeistert seinen müden Zuhörern. Man hörte aus dem Bericht des Professors heraus, wie traurig er war, nicht bei der Lösung dieses Rätsels dabei sein zu können. Er verstummte, seufzte und sah aus dem Fenster in die Dunkelheit. Soeben passierte der Bentley der Baronets die alte Klosterruine.

Der Rest der Fahrt verlief ruhig, nur unterbrochen vom Schnarchen Lady Minervas.

Der Mumienvorfall

Als man Parsley Manor erreicht hatte, schlug die Uhr im Salon gerade Mitternacht. Lady Minerva begab sich sofort auf ihr Zimmer und verschwand ohne ein Wort schwankenden Ganges.

Niemand war darüber mehr froh als Lady Fedora, die sich seufzend in einen der bequemen Sessel des Salons fallen ließ und Beanstock um ein Glas Wasser und ein Aspirin bat. Sir Percival betrachtete seine Gattin besorgt und legte den Handrücken an ihre heiße Stirn.

„Morgen sollten wir Dr. Winterbottom kommen lassen. Ich glaube, du fieberst."

Lady Fedora winkte entschlossen ab.

„Das kommt gar nicht in Frage. Ich brauche nur ein Aspirin und morgen geht es mir wieder gut. Ich begebe mich zu Bett. Gute Nacht, meine Herren."

Beanstock kam mit einem Tablett, auf dem das Gewünschte stand, aus der Küche und folgte der Dame des Hauses nach oben.

„Na, alter Knabe? Noch ein Whisky zum Abschluss des Tages?", wandte sich Sir Percival an seinen Freund Ian, der nickte, und die beiden gingen in die Bibliothek.

Die Dienerschaft des Hauses schlummerte bereits und der ein oder andere träumte von weißen Sandstränden und Palmen im heißen Sommerwind oder im Fall des Gärtners Herringbone von einem Preis, der ihm für die außergewöhnlichste Rose der Welt verliehen wurde.

Er lächelte im Schlaf und murmelte Worte des Dankes.

Mortecai kam von einem ausgedehnten Spaziergang zurück, leckte sich zufrieden die Pfoten und legte sich in seinen alten Korb im Gewächshaus.

Junior lag, wie immer um diese Zeit, im Boot Room auf einer weichen Decke und träumte von einem Knochen, der vor ihm herlief. Er knurrte leise und seine Pfoten zuckten.

Das Haus Parsley Manor kam zur Ruhe.

Nachdem Beanstock noch einmal die Türen kontrolliert hatte, begab auch er sich in sein Zimmer.

Der Schlaf wollte nicht kommen und so nahm er das Buch, das er heute aus der Bibliothek Sir Percivals mitgenommen hatte, und las.

Das *Who is Who* enthielt sämtliche Namen des Adels und Beanstock hatte nach der Familie der Lady Minerva Woodhouse gesucht. Gefunden hatte er den Namen, aber laut des Buches gab es von der Familie Woodhouse nur noch einen Vertreter, einen fast hundertjährigen Sir Walther Woodhouse, der in einem Heim für adlige Herren in Yorkshire lebte. Laut Buch hatte er keine lebenden Verwandten mehr und sein Besitz beschränkte sich auf ein winziges Herrenhaus mit einigem verpachteten Land ringsum. Das war noch kein eindeutiger Beweis, dass Lady Minerva nicht die Wahrheit sagte über ihre Abstammung, aber es genügte, um weitere Zweifel bei Beanstock zu wecken.

Die Buchstaben verschwammen vor seinen Augen und er bemerkte nicht, dass ihm das Buch entglitt und seine Augen zufielen.

Luci schlief inzwischen in ihrem neuen Zimmer tief und zufrieden in ihre Decke gekuschelt mit ihrem alten Teddy im Arm. Sie war glücklich. Heute war ein Brief von ihrer

Großmutter gekommen. Es ging ihr schon viel besser und die Ärzte waren sehr zufrieden. Einige Zeit musste sie aber noch in Behandlung bleiben.

Einen ganz besonderen Traum hatte wieder einmal die Zofe My Ladys.

Filomena saß auf einem Kamel, in einem Gewand aus Gold und Silber, und zu ihren Füßen schritt Dr. James Walton und lächelte ihr zu. In der Ferne sah sie eine Pyramide im Sonnenlicht schimmern.

Sie erreichten den Eingang und eine Tür öffnete sich knarzend. Staub wirbelte auf und sie musste husten. Dr. Walton half ihr vom Kamel und sie betraten die Pyramide.

Gleich würde der goldene Thron erscheinen, und sie, Filomena Arbuckle, würde die Pharaonin von Ägypten sein. Sie sah den Skarabäus leuchten und griff im Traum an ihren Hals, wo er an einer Kette hing.

Es raschelte und es wurde dunkel um sie herum. Sie war plötzlich allein und eine Stimme, wie aus einem Grab, hallte in ihrem Ohr. „Gib mir den Skarabäus oder stirb den Tod der Mumie!" Sie verzog das Gesicht und schlug langsam die Augen auf.

Das war nun eher ein Albtraum, dachte sie noch. Neben ihrem Bett stand jemand, der nach ihrem Hals griff. Die Gestalt schien in dunkle Fetzen gekleidet, die ihn wie Schleier im Wind umwehten.

Es roch eigenartig. Sie wollte schreien. Es bedurfte einer riesigen Anstrengung, aber sie schrie aus vollem Hals. Die Gestalt verschwand so schnell, dass die Zofe erst aufhörte zu schreien, als jemand das Licht anmachte und sie sich dem Butler gegenübersah.

„Was ist denn hier los? Erklären Sie sofort, was das soll, Miss Arbuckle. Sie wecken ja das gesamte Haus auf."

Aber diese Sorge war unbegründet, das Haus war bereits hellwach. Aus allen Zimmern kamen eilige Schritte.

Zuerst erschien Luci neben dem Butler und rieb sich verschlafen die Augen. Mrs Argyle kam mit einer Vase in der Hand. Mrs Porkpie hatte ihren kleinen Besen gegriffen und schließlich rannte Gonzales herbei, mit lautem Geschrei und einen dicken Baseballschläger schwingend. Hinter ihm lugte Harrisons Kopf durch die offene Tür.

Es fehlte nur noch Phillis. Aber man hatte bereits bei vorherigen Gelegenheiten bemerkt, dass das Küchenmädchen kaum wach zu bekommen war. Also würde Phillis auch dieses Mal ruhig weiterschlafen.

Aus dem Erdgeschoss kamen schnelle Schritte. Sir Percival und sein Gast liefen hinauf zum Dienstbotenbereich.

„Beanstock!", rief Sir Percival bereits auf dem gesamten Weg nach oben.

Als er außer Atem angekommen war, sah er sich der gesamten Dienerschaft gegenüber.

„Erklären Sie mir, was hier vorgefallen ist!", verlangte der Hausherr polternd.

Inzwischen hatte Mrs Argyle der Zofe ein Glas Wasser geholt und ihr einen Morgenrock umgelegt, da Filomena unkontrolliert begonnen hatte zu zittern.

„Hier im Zimmer war ein Mensch, ein Mann, es war jemand in Fetzen gehüllt und flüsterte mir etwas zu. Es roch eigenartig." Sie begann zu stottern.

Luci drängte sich nach vorn und rief: „Sie hat eine Mumie gesehen, eine richtige Mumie! Was wollte die von Ihnen?

Sicherlich den Skarabäus. Ich wusste es! Sicher hat sie furchtbar verfault gerochen." Luci grinste über das gesamte Gesicht.

„Wie kommst du nur darauf?", verlangte Beanstock von ihr zu hören. „Wer hat dir denn diesen Unsinn in den Kopf gesetzt?"

Inzwischen war im Hintergrund auch Professor McGregor, der Freund des Hausherrn, erschienen. Als er Beanstocks Worte hörte, verzog er schuldbewusst das Gesicht und ging langsam rückwärts, um die Flucht zu ergreifen.

Aber Sir Percival hatte ihn bereits entdeckt. „Was hast du dem Kind denn für Räuberpistolen erzählt? Du meine Güte, Ian, du weißt doch, wie viel Fantasie Kinder entwickeln." Kopfschüttelnd wandte er sich dem Kind zu.

„Kleine Luci, das ist doch alles nicht wahr, es gibt keine Mumien, und Filomena hat nur geträumt. Das sind die Nachwirkungen unserer Ägyptenreise, nichts weiter."

Er zwinkerte dem Kind zu und ging mit seinem zerknirschten Freund Ian zurück in die Bibliothek, wo die beiden noch lange über Mumien, und wo sie zu finden sind diskutierten.

Beanstock gab der Hausdame einen Wink und diese schob das Mädchen, das reichlich protestierte, aus dem Zimmer zurück ins Bett.

Dann wandte sich der Butler an die anderen Diener.

„Es gibt hier nichts mehr zu sehen. Suchen Sie Ihre Zimmer auf. Und Gonzales, was soll denn dieser Knüppel? Wo kommt der plötzlich her?"

„Den habe ich mir zugelegt, weil wir beide öfter auf Verbrecherjagd gehen, und man kann nie wissen, wann man sich zu verteidigen hat, maldito!"

„Fluchen Sie nicht, Gonzales. Begeben Sie sich in Ihr Zimmer. Wir werden später über Ihre Bewaffnung reden."

Mrs Porkpie kam mit einem Beruhigungsmittel für die Zofe aus der Küche. Sie murmelte etwas von der heutigen Jugend, die zu verweichlicht geworden sei, vor sich hin.

Mrs Argyle versprach noch einige Zeit bei der Zofe zu bleiben, und schließlich war es wieder ruhig im Haus.

Beanstock kam das reichlich seltsam vor.

Es war bekannt, dass Filomena gedankenlos und zerstreut war, aber diese Geschichte erschien dem Butler doch selbst für die Zofe ziemlich verrückt.

Er ging nochmals seine abendliche Runde ab, um zu sehen, ob eine Tür aufgebrochen worden war.

Als er in seinem Sessel am Fenster eingeschlafen war, weckte ihn etwas, ein lautes Geräusch unter seinem Fenster, wie zersplitterndes Glas. Also sah er auch nach den Fenstern im Erdgeschoss und fand ein Fenster in der hinteren Tür zum Küchengarten zerstört vor.

Er war sich sicher, vorschriftmäßig wie an jedem Abend Fenster und Türen kontrolliert zu haben. Er hatte seine letzte Runde um Mitternacht gemacht, als man aus dem *Rosebud* Hotel zurückgekommen war.

Er durfte nichts berühren, da sonst eventuelle Fingerabdrücke verwischt werden könnten. Beanstock nahm sein Taschentuch und versuchte die Klinke vorsichtig hinunterzudrücken. Die Tür war offen. Wahrscheinlich hatte jemand mithilfe eines Dietrichs das Schloss geknackt.

Aber warum dann noch die Scheibe eindrücken? Außerdem lagen die Scherben außen vor der Tür, das ergab keinen Sinn.

Morgen musste die Polizei informiert werden, danach konnte Harrison die kleine Scheibe ersetzen. Der Butler stellte einen Stuhl unter die Klinke, um sie zu sichern.

Er würde Mrs Argyle unterrichten. Der Gärtner müsste ebenfalls am Morgen benachrichtigt werden, da ihn sein Weg in das Frühstückszimmer des Personals immer durch die Tür zum Küchengarten führte.

Im Boot Room schlief Junior tief und fest und hatte nichts von der Aufregung bemerkt. Als Beanstock an ihm vorbeiging, um auch diese Tür zu überprüfen, konnte er über die Qualitäten des Wachhundes nur den Kopf schütteln.

Dann ging er zurück in sein Zimmer. Es wurde eine unruhige Nacht. Seine Gedanken kreisten in seinem Kopf herum wie aufgescheuchte Hühner.

Am nächsten Morgen führte Beanstocks erster Weg, nach dem Frühstück und den Anweisungen für das Personal, hinaus in den hinteren Garten.

Er sah sich das Fenster nochmals von außen genau an. Dann untersuchte er die nähere Umgebung und die angrenzenden Gemüsebeete.

Er sah Fußspuren. Sie führten zu der Mauer, die den Garten umschloss. Es waren eindeutig Spuren großer Schuhe oder Stiefel auf der Erde zu sehen.

Der Schnee der letzten Wochen war teilweise geschmolzen und auf den Beeten war die Erde bereits oberflächlich aufgetaut, so dass man die Spuren gut sehen konnte. Beanstock stellte seinen Fuß neben die Spur. Sie war groß. Er vermutete, dass es sich um einen Mann gehandelt haben musste, der hier in der Nacht gestanden hatte. Beanstock war sich sicher, dass Mumien eher ohne Stiefel unterwegs waren. Hier waren rein menschliche Personen am Werk gewesen.

Aber was hatte diese Geschichte mit der Zofe My Ladys zu tun? Er würde sich mit ihr unterhalten müssen.

Beanstock ging zurück ins Haus. Nachdem er Sir Percival informiert hatte, rief er in der Polizeistation an und erklärte Constable Donegal die Lage.

Im Dienstbotenbereich sah er sich nach Filomena um. Mrs Argyle klärte ihn auf, dass sie im Bügelzimmer sei und eine Bluse für Lady Minerva bügeln würde.

Der Butler wollte noch einmal ganz in Ruhe mit ihr reden. Als er sich dem Zimmer näherte, hörte er die helle Stimme von Luci, die aufgeregt auf die Zofe einredete.

„Wie hat es denn gerochen, Miss Filomena? Verfault? Oder nach alten Knochen oder nach vollgeschleimten alten Mumienfetzen? Haben Sie sie genauer gesehen? Sagen Sie doch, bitte!"

Die Zofe bügelte wie besessen auf der Bluse herum und Beanstock befürchtete das Schlimmste für den feinen Seidenstoff.

Er räusperte sich hörbar und sofort verstummte das Kind. Luci schob sich an ihm vorbei und blickte den Butler schuldbewusst an.

„Hast du nicht noch Aufgaben zu erledigen, junge Dame? Ich habe dir doch die neuen Schulbücher bringen lassen. Wie wäre es, wenn du dich damit einmal beschäftigst? In ein paar Tagen beginnt das neue Schuljahr."

„Das mache ich sehr gern, Mr Beanstock. Aber vorher muss ich mich noch um Junior kümmern."

„Dann hast du doch einen ausgefüllten Vormittag. Na,

los geht's!"

Das Mädchen lief davon.

Beanstock schloss die Tür zum Bügelzimmer und zog einen Stuhl heran.

„Setzen Sie sich doch einen Moment, Filomena. Geht es Ihnen heute Morgen besser? Ich möchte Sie gern etwas fragen."

Die Zofe war blass und nervös. Sie setzte sich und knetete dabei die soeben gebügelte Bluse. Die Knitterfalten kamen zurück. Beanstock zog ihr die Bluse vorsorglich aus der Hand und legte sie auf den Tisch zurück.

„Erzählen Sie mir doch einmal, was Ihnen Ihr nächtlicher Besucher gesagt hat. Versuchen Sie so genau wie möglich zu sein."

„Er griff nach mir und flüsterte mit einer furchtbar krächzenden Stimme, ich solle ihm den Skarabäus sofort geben oder der Fluch der Mumie würde mich treffen."
Dabei griff die Zofe an ihren Hals und zog die Kette mit dem Skarabäus aus ihrem Kleiderausschnitt.

„Bitte glauben Sie mir, Mr Beanstock, ich habe ihn gesehen. Es war jemand in meinem Zimmer. Es hat eigenartig gerochen. Ich hatte solche furchtbare Angst."

Beanstock versuchte die Dame zu beruhigen.

„Es ist schon in Ordnung. Sie haben nicht geträumt. Es war wirklich jemand im Haus und wir werden denjenigen finden, der Sie so erschreckt hat. Wie hat es denn gerochen? Können Sie sich daran erinnern?"

Filomena dachte angestrengt nach. Sie sah sich im Raum um, als ob sie etwas suchen würde.

Sie stand auf und öffnete den Schrank, der mit den

unterschiedlichsten Reinigungsutensilien gefüllt war. Sie griff nach einer Flasche *Madame Pottis guter Möbelpolitur,* öffnete sie und schnüffelte daran. Sie schüttelte den Kopf und stellte das Fläschchen zurück.

„Es hat nach etwas Altem gerochen, ein altes verschimmeltes Weinfass oder so etwas Ähnliches. Ja genau, es hat gerochen wie in einem alten verschimmelten Weinkeller, muffig und wie verschütteter Wein. Aber auch ein bisschen wie die Möbelpolitur." Zufrieden mit sich setzte sich die Zofe wieder.

Beanstock legte diese seltsame Beschreibung erst einmal in seinem Gedächtnispalast ab und würde später darüber nachgrübeln.

„Filomena, wenn es Ihnen nichts ausmacht, würde ich diesen Skarabäus gern Professor McGregor zeigen. Vielleicht versteht er, warum mitten in der Nacht ein Fremder in einer Verkleidung bei Ihnen auftaucht und nach dem Schmuckstück verlangt." Die Zofe nickte zustimmend. „Dann sehen Sie vielleicht noch einmal kurz in den Spiegel. In Ihren Haaren klebt irgendetwas. Die Bluse kann auch später noch gebügelt werden."

Filomena lief vor ihm her durch den Gang hinter dem Dienstbotenbereich zur Halle. Vor dem Spiegel bosselte sie ein Stück Seife aus ihren Haaren.

Der Butler gebot ihr in der Halle kurz zu warten, er wollte Sir Percival fragen, ob man die Herren kurz stören könne. Er klopfte an der Tür zur Bibliothek.

Nachdem er eingetreten war, sahen ihn die beiden erwartungsvoll an.

„Ist Inspector Greenwood bereits gekommen? Dann nur herein mit ihm!", polterte Sir Percival in seiner altbekannten

Art.

„Sir, der Inspector wird sich verspäten. Er schickt den Constable, um die Sachlage aufzunehmen. Ich würde gern die Meinung Professor McGregors über das Schmuckstück hören, dass Filomena aus Ägypten mitgebracht hat. Wenn es Ihre Zeit erlaubt. Ich denke, dann wissen wir mehr über die Gründe des nächtlichen Besuchers."

Sir Percival sah kurz zu seinem Freund, der bereits auf seinem Stuhl vor Erwartung zappelte.

„Nur herein, mein guter Beanstock, nur herein, ich bin schon ganz gespannt!", rief der Professor aufgeregt. Es hielt ihn kaum in seinem Sessel.

Beanstock rief nach der Zofe und sie trat mit leicht geröteten Wangen ein.

„Nun, meine Liebe, ich hoffe, Sie haben sich wieder etwas beruhigt. Zeigen Sie uns doch das Corpus Delicti einmal!", rief Sir Percival.

Filomena schien verwundert.

„Ich habe doch aber einen Anhänger und kein Korbdelikt, oder was meinten Sie, Sir?"

Beanstock räusperte sich.

„Corpus Delicti ist die lateinische Bezeichnung für ein Beweisstück oder den Gegenstand eines Verbrechens. Sir Percival meint damit den Skarabäus."

Die Zofe nahm den Skarabäus von ihrem Hals und reichte ihn dem Professor, der ihn voller Erwartung vorsichtig in die Hand nahm und drehte und wendete. Er ließ sich schwerfällig in den Sessel fallen.

„Oh my goodness, ein Skarabäus aus der 18. Dynastie. Er ist so plastisch dargestellt, als ob er im nächsten Moment

zum Leben erwacht, loskrabbelt und die nächste Leiche auf-
frisst."

Die Zofe und Sir Percival machten einen Schritt weg von
dem Professor und sahen sich verlegen lächelnd an.

Beanstock wunderte sich.

Der Professor drehte und wendete den Käfer vorsichtig.

„Das, mein guter Perci, ist ein Skarabäus aus der 18. Dynastie, im Speziellen des großen Pharao Echnaton.

Die überaus naturgetreue Nachbildung des Käfers deutet
eindeutig auf Echnaton hin. Man legte diese Nachbildung auf
das Herz der Mumie. Deshalb nennt man ihn auch den Herzkäfer. Das seltsame Verhalten des Mistkäfers, der seine
Dungkugeln vor sich herzurollen pflegt, symbolisierte den
Bezug zu dem Sonnengott Re und seiner Fahrt mit der Son-
nenbarke über den Himmel. Pharao Echnaton baute die damalige Glaubenswelt von der Vielgötterei nur auf den Gott
Re oder Aton um, die Sonne.

Daher der Name des Pharao. Er machte sich deshalb viele
Feinde, vor allem unter der Priesterschaft, die ihre Macht
wanken sahen. Ungewöhnlich an diesem Stück hier sind die
Größe und die Zeichen auf der Rückseite. Normalerweise ist
auf der Rückseite höchstens die Kartusche des jeweiligen
Pharao dargestellt, also sein Herrschaftssiegel. Hier ist die
Kartusche auf der Vorderseite. Ich müsste mich erst einmal
wieder mit den passenden Hieroglyphen vertraut machen."

Der Professor ließ sich von Beanstock eine Lupe reichen,
dann fuhr er fort.

„Ich sehe zwar eine Kartusche mit der Hieroglyphe für den
König und den Namen *Achen-Aton,* die letzten Worte bedeuten so viel wie *Der Aton dient*, also des Gottes, der die Sonne

symbolisierte. Aber die anderen Zeichen auf der Rückseite sind mir nicht geläufig. Und dann ist da noch etwas anderes dargestellt. Im Miniaturformat und unglaublich filigran. Ich kann noch nicht sagen, was man hier verewigt hat."

Sir Percival kam vorsichtig näher und besah sich das Stück aus gebührender Entfernung.

„Du redest, Ian, als ob das Ding echt wäre. Es ist doch nur eine Imitation. Welcher Archäologe würde denn ein echtes Artefakt einfach so einer jungen Dame wie Filomena schenken? Nichts für ungut, meine Liebe."

Ian McGregor erhob sich und sah seinen Freund mit weit aufgerissenen Augen an.

„Dieser Skarabäus ist echt, mein Freund. Ich bin vollkommen sicher. Ich habe noch niemals etwas Vergleichbares gesehen. Er ist unbezahlbar."

Die drei Herren und die Dame standen nun im Kreis um den goldenen Käfer und blickten ehrfürchtig auf das Schmuckstück, das die vielen Jahrhunderte vielleicht neben dem Herzen eines Pharao gelegen hatte und nun in Parsley Manor auf einem einfachen Couchtisch lag.

„Dr. Walton hätte das doch aber sehen müssen. Oder, Sir Percival? Warum schenkt er mir denn so etwas Wertvolles? Bin ich jetzt reich?", fragte die Zofe verwundert und bekam dabei glänzende Augen.

„Seien Sie nicht so naiv, Miss Arbuckle", erklärte der Professor etwas verschnupft. „Natürlich gehört Ihnen dieses Kleinod nicht wirklich. Es muss zurückgegeben werden. Wir sollten das Britische Museum kontaktieren und dann die Behörde zum Schutz der Altertümer in Kairo. Es ist vielleicht noch gar nicht aufgefallen, dass der Skarabäus entwendet wurde."

Filomena sackte etwas in sich zusammen. Vor ihrem geistigen Auge hatte sie sich bereits als gefeierte Persönlichkeit im Rampenlicht der Presse und in London gesehen.

Der Butler verstand die Sachlage noch nicht vollkommen, aber er wusste, dass dieser Dr. Walton kein wahrer Archäologe sein konnte. Er vermutete sofort etwas anderes. Wollte seinen Verdacht aber erst offenlegen, wenn er mehr wusste.

„Ich glaube, wir haben hier ein Artefakt vor uns, das von Grabräubern entwendet wurde. Wie es in den Besitz des Dr. Walton kam, gilt es noch zu klären. Vielleicht wäre es eine gute Idee, den Skarabäus bis zur Klärung der Umstände im Safe zu deponieren. Wären Sie damit einverstanden, Filomena?", wandte sich der Butler an die Zofe.

„Ich werde es auf keinen Fall wieder umlegen und tragen. Das können Sie mir glauben. Was soll ich damit jetzt noch, wenn ich es doch nicht behalten darf?" Sie drehte sich resolut um und verließ den Raum.

Der Professor nahm den funkelnden Skarabäus vorsichtig, wie man ein zerbrechliches Stück Porzellan ergreifen würde, in die Hand und drehte es erneut hin und her.

„Er ist so wunderschön und so groß, wahrscheinlich aus reinem Gold, so schwer, wie er ist. Ich habe niemals etwas Vergleichbares gesehen. Normale Skarabäen sind ungefähr fünf bis höchstens sieben Zentimeter im Durchmesser, aber nicht so wie dieser Kamerad hier."

Er lächelte selig und sah sich bereits in seiner ehemaligen Abteilung des Britischen Museums, umringt von seinen alten Kollegen, die ihm begeistert auf die Schulter klopften und zu dem außergewöhnlichen Fund gratulierten.

Es würde das Comeback des Jahrhunderts für ihn werden.

„Seltsam, wir haben diesen Dr. Walton doch im *Rosebud* gesehen. Warum er wohl hier ist?", fragte Sir Percival.

Beanstock dachte sich seinen Teil und ihm fielen sofort die seltsamen Vorkommnisse im Hotel an jenem Abend ein. Diese Männer, die sich stritten und dann das Hotel so eilig verließen.

Die Zofe wollte zurück an ihre Arbeit gehen und nun endlich die Bluse fertig bügeln. Auf der Treppe zur ersten Etage sah sie Lady Minerva stehen. Die Dame sah sie mit einem eigenartigen Gesichtsausdruck an. Filomena nahm an, dass sie ungehalten war, weil die Bluse noch nicht zurück in ihrem Zimmer war.

„Bitte entschuldigen Sie, My Lady, ich wurde zu Sir Percival gerufen. Ich werde mich sofort Ihrer Bluse widmen."

Filomena wollte sich umdrehen und davongehen, aber inzwischen war Lady Minerva die Treppe schwankend hinabgestiegen und hielt sie am Arm fest.

„Aber das macht gar nichts, mein Kind", säuselte sie und ein Dunst von Gin umfing sie. „Diese dumme Bluse hat Zeit. Warum erzählen Sie mir nicht einmal von Ihrer Zeit in Ägypten? Ich könnte etwas Inspiration für mein Buch gebrauchen. Ich würde mich natürlich erkenntlich zeigen für Ihre Informationen. Wie wäre es mit einem Spaziergang im Garten, nur wir beiden Hübschen. Und dann erzählen Sie mir alles, was Ihnen so einfällt." Lady Minerva spitzte die Lippen und blinzelte der Zofe verschwörerisch zu.

Filomena dachte im Moment nur an die versprochene Vergütung und nickte eifrig.

„Treffen wir uns doch heute nach dem Tee im Garten,

meine Liebe, was halten Sie davon?", fragte My Lady und lächelte dabei gewinnend. „Es muss ja niemand von unserer kleinen Plauderei wissen, nicht wahr?"

Die Zofe nickte erneut, knickste und lief zurück an ihre Arbeit. Innerlich rieb sie sich die Hände, nun kam sie doch noch zu einem, wenn auch etwas kleinerem, Nebenverdienst.

In Pilpots im Pub *Three Chattering Ducks* lag James Walton auf seinem Bett, stierte die Decke an, die dringend einen neuen Anstrich brauchte, schlug wütend mit der Hand wieder und wieder auf seine Bettdecke und dachte an seine fehlgeschlagene Aktion der letzten Nacht.

Er hatte es sich so einfach vorgestellt. Dieser dumme Trampel hatte sofort losgeschrien, bevor er ihr die Hand auf den Mund halten konnte. Es war ihm nichts anderes übriggeblieben, als so schnell als möglich zu verschwinden. Er hatte ihr bereits auf der Terrasse des *Mena House Hotel* in Ägypten diverse Gruselgeschichten über umgehende Mumien und deren Flüche erzählt. Es hätte klappen müssen.

Er hatte von diesem törichten Mädchen sämtliche wichtigen Informationen ohne Probleme bekommen. Sie war so mitteilsam gewesen, dass er ihren Wortschwall sogar bremsen musste, damit er sich alle Einzelheiten von Parsley Manor und dem Weg zu ihrem Schlafzimmer merken konnte. Er wusste alles, sogar dass im Boot Room ein Hund zu erwarten sein würde.

Also war er durch die hintere Küchentür gegangen.

Die alten Lumpen hatte er sich aus dem Weinkeller des Pubs besorgt, sie rochen furchtbar nach schalem Bier und schimmligem Wein, aber das war der erwünschte Effekt gewesen.

Er hätte gleich wissen sollen, dass es zu gefährlich war. Ein Schal um den Hals und zugedrückt, dann wäre kein Piepser mehr aus dem Mund dieser dummen Frau gekommen. Aber er wollte in England keinen Mord riskieren. Hier wurde man immer noch gehängt und es gab ein funktionierendes Polizeisystem. Scotland Yard sollte man nicht unterschätzen.

In Ägypten war das eine ganz andere Sache. Man würde wahrscheinlich niemals auf ihn kommen, als man seinen alten Freund Ahmed tot aufgefunden hatte. Die arabischen Mühlen mahlten langsam, sehr langsam. Man hatte immer irgendwo einen Freund, der einen Freund hatte, welcher einem zusätzlichen Geldbetrag gegenüber nicht abgeneigt war.

Er hatte sich alles so gut überlegt. Die Lumpen hatte er in seinem Wagen deponiert, dann hatte er an dem Anwesen der Baronets gewartet, bis sie zurückgekommen waren. Mithilfe seines Dietrichsortiments hatte er die Tür öffnen können. Ab dann ging es schief. Aber wieso eigentlich? Als er zurücklief, um schnellstens das Haus wieder zu verlassen, war plötzlich das Fenster in der Tür zerbrochen. Er war das nicht gewesen. Also wer hatte ihm damit einen Strich durch die Rechnung machen wollen? Wollte jemand damit die Bewohner des Hauses alarmieren? Aber warum auf diese Weise?

Und dann waren ja noch diese anderen neuen Probleme.

Was machte der Handlanger von Bosh in England? Und dieser Schnüffler von der Altertumsbehörde aus Kairo trieb sich hier herum. Wieso kamen diese Leute ausgerechnet jetzt hier zusammen? Was wussten sie von dem Skarabäus? Sein Freund Ahmed, Gott hab ihn selig, hatte angedeutet, dass Bosh bereits wusste, was er unterschlagen hatte.

Mit dessen Vorliebe für mehrdeutige Sprichwörter hatte

Ahmed gemeint: „Wenn der Nil um dein Geheimnis weiß, wird es bald auch die Wüste kennen." Damals hatte er es nicht glauben wollen, sein alter Partner hatte ihn mehr als einmal belogen. Aber nun?

Er sollte seine Angst überwinden und sich einen nach dem anderen vornehmen. Dann könnte er ganz in Ruhe mit dem Skarabäus verschwinden. Niemand wusste um das Geheimnis auf der Rückseite. Woher sollten sie es wissen? Er hatte es ja auch erst vor kurzem herausgefunden. Hätte er es früher gewusst, hätte er ihn niemals aus den Händen gegeben. Er musste ihn zurückhaben. Dann hätte er ausgesorgt für den Rest seines Lebens, nun, sagen wir für einen guten Teil des Restes. Er musste erst einmal die Lumpen loswerden und dann seinen Plan weiterverfolgen.

Zum Glück gab es ganz in der Nähe einen Fluss. *River Shirty*. Die Vorliebe der Engländer für seltsame Namen amüsierte ihn. Shirty konnte bedeuten, dass der Fluss griesgrämig war oder aussah wie ein Hemd. Wichtig für James Walton war, dass sein Wasser schnell und reißend in Richtung Meer floss.

Immer eine gute Wahl, wenn man etwas loswerden wollte.

Im *Rosebud* Hotel begann man den Tag mit einem ausgiebigen Frühstück. Victor Morosow saß allein an einem der weiß gedeckten Tische. Der Kellner servierte ihm auf Wunsch Kaffee. „Sehr starken Kaffee", hatte er sich ausbedungen. Nicht dieses labbrige Teezeugs. Er hatte genug von Tee und Scones und weißen weichen Gurkensandwiches. Wann würden sie endlich dieses Land verlassen?

Sein Partner wurde bereits nervös und war im Zimmer

geblieben, um zu trainieren.

Die Idee, in diesem feinen Golfhotel am Ende der Welt absteigen, ging ihm auf die Nerven. Victor Morosow mochte Golf ganz und gar nicht. Es langweilte ihn. Er war sich nicht mehr sicher, ob dadurch die gewünschte Ablenkung erreicht wurde.

Gestern hatte er James Walton mit diesem Kerl von der Altertumsbehörde aus Kairo zusammen gesehen. Hatten sich die beiden jetzt gegen sie verbündet? Wundern würde er sich nicht darüber. Bei diesem Fund ging es um Geld, sehr viel Geld. Wahrscheinlich war auch ein Vertreter der Behörde, die gegen Grabräuber vorging, selbst manchmal nicht abgeneigt, etwas beiseitezuschaffen.

Es musste gehandelt werden. Er hatte Bosh vorgeschlagen, sich um die beiden Herren sofort zu kümmern. Dann könnte man ganz in Ruhe den Skarabäus an sich bringen und endlich zurück nach Ägypten reisen. Dieses Wetter hier ging ihm genauso auf die Nerven wie diese Gurkensandwiches. Es war ständig eiskalt und er hatte das Gefühl, von innen heraus zu erfrieren. Wie konnte man hier nur leben, wenn es einige hundert Meilen weiter ein sonnendurchflutetes Land mit Orangenbäumen und süßen Datteln gab?

Aber sein Boss hatte anders entschieden. Er meinte, hier brauche man mehr Feingefühl als im Land der Pharaonen, wo er an jeder Ecke Verbündete hatte. Sein Arm reichte weit in Nordafrika. Ganze Dörfer in der Nähe der Ausgrabungsstätte im Tal der Könige unterstanden seiner Kontrolle.

Als vor langer Zeit im 19. Jahrhundert ein gesamtes Dorf mit Grabräubern von der Altertumsbehörde und der ägyptischen Polizei gefasst und verurteilt worden war, ruhten die Aktivitäten der Banden, die dann Bosh bereitwillig wieder aktiviert hatte und eine neue Dynastie von Grabräubern aufbaute.

Bosh war unberechenbar.

Aber bis jetzt hatte sich die Arbeit für ihn gelohnt und Victor Morosow würde nicht riskieren, ihn zu verärgern. Das war schon weitaus größeren Männern zum Verhängnis geworden. Auf das Konto von Bosh, dem Kopf einer weitverzweigten Hehler- und Grabräuberbande, gingen nicht wenige ganz plötzlich Verstorbene. Der Chef war nicht zimperlich und so hielt sich Victor mit seinen Vorschlägen zurück.

Trotzdem war ihm immer noch nicht klar, warum der Boss so versessen auf ausgerechnet diesen einen Käfer war. Ja, er war besonders groß und wahrscheinlich aus massivem Gold, wenn schon, sie hatten bereits viel wertvollere Gegenstände in Händen gehabt. Lag es vielleicht an dem Besuch, den Bosh hatte, ein paar Tage bevor sie nach England abreisten? Ahmed Abdel Kassem hatte mit ihm geflüstert. Bosh ließ nichts verlauten. Er hüllte sich wie immer in Schweigen.

Auf Parsley Manor hatten sich inzwischen der Professor und sein Gastgeber in die Entzifferung der Inschrift auf dem goldenen Skarabäus vertieft.

Ian McGregor war verwirrt. Die Kartusche des Pharao war eindeutig gewesen. Es konnte sich nur um Echnaton handeln, den nicht besonders beliebten Pharao der 18. Dynastie, Ehemann der wunderschönen Nofretete und Vater des früh verstorbenen Tutanchamun. Er hatte die Glaubenswelt seiner Zeit umkrempeln wollen und damit die machtbesessene

Priesterschaft gegen sich aufgebracht. Nach seinem Tod wurden auf sämtlichen Inschriften und Reliefs seine Insignien und Kartuschen zerstört. Sein mumifizierter Körper war verschollen, bis Theodor Davis seinen Körper 1902 fand.

Also woher kam dann der Herzskarabäus, der ja eigentlich auf dem Herzen des verstorbenen Echnaton hätte liegen müssen und scheinbar in einem anderen Grab aufgetaucht war.

Rätsel über Rätsel, die den guten Professor endlich wieder zurück zu seiner einzigen Leidenschaft brachte, den ägyptischen Gräbern. Er hatte sich von Lady Fedora Zeichenblock und einen weichen Bleistift besorgt und von der Rückseite des Käfers eine Kopie gemacht, indem er das Papier auflegte und mit dem Stift über die Gravuren strich. Dadurch erhielt er eine sehr gute Kopie.

Nun standen die beiden Herren über dieses Blatt gebeugt und versuchten, mit Vergrößerungsgläsern bewaffnet, das Geheimnis zu lösen. Der goldene Käfer lag wieder sicher im Safe.

„Hast du eine gute Karte von Ägypten, Perci?", fragte nun Professor McGregor.

Sir Percival ging zu einem der hohen Bücherregale und sah auf die Reihen der Bücher. Dann griff er zu einem großen Atlas. Er schlug die Seite mit dem Abbild des Landes am Nil auf und legte es neben die Zeichnung auf den Tisch.

„Es macht keinen Sinn! Es macht einfach überhaupt keinen Sinn!", rief der Professor aus.

„Was macht keinen Sinn, alter Freund?", fragte Sir Percival.

„Nun, es macht keinen Sinn, dass der Skarabäus auf einer anderen Mumie als dem Pharao Echnaton gelegen haben

113

soll. Die Mumie des Echnaton wurde bereits 1902 sicherge-
stellt und nach Kairo transportiert. Kein Wort von irgendei-
nem Skarabäus erreichte uns irgendwann. Woher kommt dieses Schmuckstück? Oh, ich befürchte, durch diese Grabräu-
berei gehen zu viele entscheidende Informationen für immer
verloren. Wir werden wohl niemals erfahren, aus welchem
Grab der kleine Krabbelkerl stammt."

Resignierend setzte er sich in einen Sessel, nahm seine
Brille ab, griff in eine seiner vielen Taschen und beförderte
die Tüte mit den Himbeerbonbons zutage. Er nahm sich eines
und hielt seinem Freund die Tüte hin. Sir Percival sagte nicht
Nein und die beiden Herren brüteten weiter über dem Rätsel.

„Danke übrigens, Perci, für den Tipp mit dem belgischen
Süßigkeitenhändler in London. Ich würde untergehen ohne
meine Himbeerbonbons."

„Gern geschehen, ist ein alter Kriegskamerad von mir", nuschelte Sir Percival zwischen dem Bonbon hervor.

Beanstock erschien mit Tee und servierte ihn neben dem
aufgeschlagenen Atlas und der Kopie des Käfers. Sein Blick
blieb nur zufällig darauf haften und ihm fiel etwas auf.

„Ist den Herren aufgefallen, dass es eine Übereinstimmung
der Käferzeichnung mit dem Nil gibt? Wenn ich so frei sein
darf, dies zu äußern", versetzte Beanstock.

Die beiden Herren sprangen aus ihren Sesseln und stierten
auf die Karte.

„Wo sehen Sie denn da den verdammten Nil, Beanstock?",
polterte Sir Percival.

Der Butler versprach es sofort zu erklären und verließ die
Bibliothek kurz.

Er stieg zu Lady Fedora in die erste Etage hinauf und erbat

von ihr ein Stück von ihrem Pergamentpapier. My Lady sah ihn verständnislos an und widmete sich dann wieder ihren Zeichnungen.

Zurück in der Bibliothek kopierte der Butler mit geschickten Bewegungen die Zeichnung auf das durchsichtige Pergament und legte es dann unter den erstaunten Blicken der beiden Herren auf die Karte des Niltals.

„Es hat natürlich nicht genau den gleichen Maßstab, aber ich denke, man kann den verzwickten Lauf des Nils gut erkennen", erklärte Beanstock.

„Das ist ja unglaublich, der Mann hat recht!", rief der Professor und hielt dem Butler die Tüte mit den Himbeerbonbons vor das Gesicht. „Bonbon, mein Bester?"

Beanstock sagte dankend Nein.

„Sehen Sie? Dieser Kringel, der aussieht, wie ein Fragezeichen? Das ist der Nil in Oberägypten in der Nähe des Tals der Könige."

„Was bedeutet dann dieser Punkt aus Lapislazuli neben dem Nilkringel?", fragte Sir Percival.

Der Professor war aufgeregt wie ein Schulkind am ersten Tag.

„Da liegt natürlich der Schatz begraben. Gold und Edelstein ..."

Dieser leise Satz kam nicht von einem der Herren. Er kam unter dem großen Tisch hervor, an dem die Herren standen. Sie beugten sich hinab und sahen unter den Tisch, der mit einer langen Tischdecke bis zum Boden bedeckt war. Beanstock hob die Decke an und blickte in das vor Angst verkniffene Gesicht seines kleinen Schützlings.

„Lucinda Parish, was habe ich dir gesagt über die

Räumlichkeiten der Herrschaft?" Dabei wies seine ausgestreckte Hand in Richtung der Tür. „Du hast hier nichts zu suchen, junge Dame. Was hast du zu deiner Verteidigung zu sagen? Ist Junior auch bei dir dort unten?"

Luci krabbelte unter dem Tisch hervor und sah schuldbewusst zu Boden.

„Es tut mir sehr leid. Nein, Junior ist natürlich nicht hier. Er hätte mich durch seine Hechelei verraten. Ich war so neugierig, was auf dem Käfer zu finden ist, und hab mich heute Morgen hier versteckt. Es tut mir leid. Muss ich jetzt in ein Heim?"

Luci blinzelte aus den Augenwinkeln zu ihrem Freund Beanstock hinauf.

„Ach, Beanstock, nehmen Sie sie nicht zu hart ran. Neugier kann auch gut sein, sie lernt doch etwas. Wenn der Professor einverstanden ist, kann Luci hierbleiben. Aber du musst ganz still und artig sein", sagte Sir Percival an das Kind gewandt.

Beanstock räusperte sich hörbar.

„Wenn Sie es erlauben? Aber wenn das Kind stört, schicken Sie sie sofort zu mir, bitte."

Der Professor zwinkerte dem Mädchen lächelnd zu, hielt ihr die Tüte mit den Bonbons hin und beugte sich dann erneut über die Karte.

„Beanstock, Sie sind ja ein richtiger Detektiv, Respekt", murmelte er, bereits wieder in die Aufgabe vertieft.

Der Butler ging zurück in sein Büro. Ihm ging eine Sache nicht aus dem Kopf. Warum hatte Dr. Walton, wenn er denn überhaupt ein Doktor der Archäologie war, dieses wertvolle Stück Filomena geschenkt? Er wusste, dass am Abend des Festes im *Rosebud* Hotel der Herr dort aufgetaucht war. Aus der Erzählung Sir Percivals schloss er, dass es sich um Dr. Walton handelte. Er hatte auch gesehen, wie er das Hotel überstürzt verlassen hatte nach dem Streit mit dem anderen Herrn. Also musste Dr. Walton irgendwo anders logieren. Er würde sich wahrscheinlich in der Nähe aufhalten. Das müsste herauszubekommen sein, dachte sich der Butler und rieb sich die Hände. Da ihn in seinem Büro niemand beobachten konnte, erlaubte er sich diesen kleinen Gefühlsausbruch.

„Ein neuer Kriminalfall ist zu lösen, Arthur", sagte er zu sich selbst.

Zum Nachmittag waren einige Dinge bei der Witwe Bloom im Kaufmannsladen abzuholen. Eigentlich erledigte derlei Dinge der Chauffeur Gonzales auch allein, aber diesmal nahm sich Beanstock vor, ihn zu begleiten und sich im örtlichen Pub, dem *Jack O'Lantern,* nach einem neuen Gast zu erkundigen.

Es war der Nachmittag des 31. Januar 1953. Dieser Tag würde noch lange im Gedächtnis der Bewohner von Parsley Field bleiben.

Aber zu diesem Zeitpunkt, als Beanstock den Gastraum des Pubs betrat, war alles wie immer.

Der alte Dorsey saß an seinem angestammten Tisch, nippte an seinem ersten Ale und starrte ins Leere. So richtig wusste niemand im Ort, was im alten Dorsey vorging. Er blieb gern für sich allein, man ließ ihn in Frieden.

Die zwei jungen Paare am Fenster konnten sich gar nicht mehr beruhigen über die wundervolle Ursprünglichkeit des Ortes. Eine blondierte Dame mit grellrosa Band im Haar ließ sich gerade über den fantastischen Shop mit den selbstgemachten Marmeladen und den karierten Herrenhemden aus, während ihr Sitznachbar kichernd berichtete, dass er bei Mrs Bloom eine ganze Handvoll Karten erstanden hatte, so wunderbar nostalgische Dinger mit Blumen und Glitzer, für einen Spottpreis. So etwas sah man gar nicht mehr im fernen London. Die Herrschaften waren sich vollkommen sicher, ein Wahnsinnsgeschäft gemacht zu haben.

Beanstock seufzte, Touristen, ganz sicher. Er stand vor dem Tresen des Pubs und wartete auf Sean, den Wirt.

Man konnte ihn in der Küche im hinteren Teil herumwirtschaften hören. Gläser und Flaschen klirrten und dazwischen vernahm Beanstock die überlaute Stimme der einzigen Angestellten. Donna brüllte, als ob sie vor dem Parlament eine Rede halten müsste.

„Was willst du heute haben? Einen Moonpie soll ich kochen? Was soll das sein? Wieder so ein neumodisches Zeug. Das mache ich nicht. Es gibt Bohneneintopf mit Lamm." Diskussion beendet.

„Warum fragst du mich eigentlich jeden Tag, was du kochen sollst? Machst ja doch, was du willst, alte Schreckschraube", murmelte Sean vor sich hin, als er den Gastraum kurz darauf betrat.

„Was sagst du da?", brüllte die alte Dame aus der Küche.

„Dass mir dein Essen immer schmeckt, liebe Donna!", brüllte Sean zurück und wandte sich dann dem Butler zu.

„Manchmal versteht sie sehr gut, was man sagt. Sie ist ein Ungeheuer, aber ohne sie wäre ich aufgeschmissen. Was soll´s sein, Mr Beanstock? Ein schöner Single Malt?"

Der Wirt sah den Butler erwartungsfroh an.

„Mr O´Donoghue, danke nein. Ich bitte um eine Auskunft

und hoffe, Sie können mir behilflich sein. Ist bei Ihnen ein Gast abgestiegen in letzter Zeit? Braun gebrannt, dunkle Haare, gut aussehend?"

Sean rieb sich seinen Dreitagebart.

„Ja, ich habe einen neuen Gast. Aber der sieht eher aus wie ein vertrocknetes Schilfrohr. Braune Haut hat er, ja, warum?"

„Darf ich nach dem Namen fragen?", erkundigte sich der Butler.

„Dr. Preston, aber ich weiß nicht, ob er da ist. Geht und kommt, ohne dass man was merkt. Eigenartiger Kerl."

Sean beugte sich vor und flüsterte: „Wollte mir was erzählen, von wegen er würde ein Buch über die hiesigen Legenden schreiben. Hab ihm kein Wort geglaubt. Ich merke es hier in meinen Eingeweiden, wenn einer von der Behörde ist." Sean klopfte auf seinen Bauch. „Das ist ein Offizieller, das kann ich Ihnen sagen, Mr Beanstock. Was hat er angestellt? Oder wem ist er auf der Spur? Von mir kann er nichts wollen, hab meine Steuern immer pünktlich bezahlt."

„Ich suche nach einem anderen Herrn, James Walton. Sagt Ihnen der Name etwas?", fragte nun der Butler.

Sean schüttelte den Kopf.

„Ich könnte Ihnen da schon einiges erzählen", kam es plötzlich von der Treppe.

Überrascht sahen die beiden am Tresen zu dem Herrn, der da auf der Treppe nach unten kam.

„Darf ich mich vorstellen? Dr. Julian Preston, im Auftrag der ägyptischen Behörde zum Schutz der Altertümer tätig." Damit hielt er dem Butler einen Ausweis vors Gesicht.

Beanstock sah sich das Dokument genauestens an. Es schien ihm echt zu sein. Mit diesem Herrn hatte sich James

Walton im Hotel gestritten, Beanstock erkannte ihn sofort.

„Warum suchen Sie diesen Walton?", wollte der Herr von Beanstock wissen.

„Vielleicht sollten wir uns einen Moment setzen. Mein Name ist Arthur Reginald Beanstock. Ich arbeite als Butler bei den Baronets Parsley. Es gibt da ein Objekt, über das wir reden sollten."

Sean machte ein verdrießliches Gesicht, da er nun nicht mehr mitbekommen würde, was die beiden zu besprechen hatten. Auch als er ihnen Tee servierte, konnte er nichts hören. Die beiden warteten, bis er wieder hinter dem Tresen stand.

Beanstock berichtete in kurzen Worten von dem Artefakt und dass man die zuständige Behörde in London bereits verständigt hatte. Ein Sachverständiger war auf dem Weg. Er erklärte, dass der Skarabäus in Ägypten der Zofe My Ladys von Mr Walton geschenkt wurde.

„Ich muss mit Sir Percival reden. Es ist äußerst wichtig, dass ich das Artefakt begutachte. Wir haben da eine haarsträubende Geschichte von einem Informanten zugetragen bekommen, die mit diesem Stück zusammenhängt. Es ist so viel mehr als nur ein Herzskarabäus, und ich bin nicht sicher, ob es der Gegenstand ist, nach dem wir fahnden. Haben Sie vielleicht kleine Einkerbungen an den Seiten des Artefakts bemerken können?"

„So genau habe ich das Stück noch nicht untersucht. Es ist natürlich zurzeit an einem sicheren Ort untergebracht." Mehr wollte Beanstock auf keinen Fall sagen. Er hatte sich noch kein umfassendes Bild von diesem Herrn gemacht.

„Dieser sogenannte Dr. Walton ist uns bereits vor einiger

Zeit aufgefallen. Aber bis jetzt hatten wir einfach keine Beweise, um ihn dingfest zu machen. Immer ist er uns durch das Netz geschlüpft. Es gibt leider zu viele Leute, die ihn decken und die er wahrscheinlich gut dafür bezahlt. Darf ich heute Abend zu Ihnen kommen und mit dem Baronet reden, Mr Beinstock?"

„Beanstock, mein Name, ich werde Sie den Herrschaften avisieren."

Dr. Preston neigte erfreut den Kopf und sie erhoben sich. Der Doktor ging sofort eilig hinauf in sein Zimmer, während der Butler am Tresen den Tee zahlte und dem Wirt kurz zunickte. Sean sah nicht sehr zufrieden aus, aber was konnte er tun?

Auch Gonzales bekam wieder einmal kein Wort aus dem schweigsamen Butler heraus. Er würde zu gern wissen, was es für einen neuen Kriminalfall zu lösen gab. Denn dass es einen gab, konnte er mit Sicherheit sagen. Mittlerweile wusste er die Mimik des Butlers genau einzuordnen und der sah aus, als ob die Titanic gerade einlaufen würde. Aber eines wusste der Chauffeur auch: Wenn ein starker Helfer gebraucht werden würde, wäre er die erste Wahl. In Gedanken rieb er sich die Hände.

„Que maravillosa!", murmelte er.
Beanstock warf ihm einen verständnislosen Blick zu.

In seinem Zimmer schloss Dr. Preston seinen Lederkoffer auf und zog von tief unten eine hölzerne Schatulle hervor. Sie war alt und hatte wundervolle Schnitzereien auf dem Deckel. Kunstvolle goldunterlegte Hieroglyphen bedeckten die gesamte Oberfläche. Er öffnete den Deckel und sah lächelnd hinein.

„Na, mein Freund? Diesmal werden wir es schaffen", flüsterte er und schloss den Deckel vorsichtig wieder. Er hatte diesem Butler natürlich nicht verraten, dass er bereits herausbekommen hatte, wo sich Walton aufhielt.

Wenn alles gut lief, würde er heute Abend endlich seinen Vorgesetzten in der Altertumsbehörde in Kairo einen Erfolg vermelden können. So oder so, er würde diesmal nicht aufgeben. Walton würde tot oder lebendig mit ihm zurückkehren müssen. Zu lange hatte er darauf hingearbeitet.

Alles verlief zu seiner Zufriedenheit. Das würde ihm endlich den verdienten Posten bescheren, den er sich seit Jahren wünschte.

Sein Vorgesetzter in Kairo hatte ihn gewarnt. Er solle in England die Behörden hinzuziehen. Aber dann bliebe ihm sein Erfolg wieder verwehrt. Er wollte es allein schaffen. Dieser Walton war ihm schon oft genug davongekommen. Es war für ihn mittlerweile eine persönliche Fehde geworden und mit seinem Freund hier im Kästchen würde er die Sache endlich beenden können.

In froher Erwartung, heute Abend auch das Artefakt begutachten zu können, rieb sich Dr. Preston zufrieden die Hände.

Am Abend dieses Tages, der laut dem Wetterdienst wolkig mit etwas leichtem Regen für den Südosten Englands enden sollte, warteten die Baronets und ihr Gast Professor Ian McGregor vergebens auf Dr. Julien Preston.

Er erschien nicht.

Dafür wurde das Ausmaß der falschen Wettervorhersage vielen Menschen in Southend und King´s Lynn zum Verhängnis. Eine Jahrhundertsturmflut führte zu einer

Katastrophe biblischen Ausmaßes. Viele Bewohner verloren nicht nur Hab und Gut, sondern auch ihr Leben.

Der River Shirty in Parsley Field trat durch die Küstenflut leicht über die Ufer. Aber es gab dadurch keine relevanten Schäden zu beklagen. Nur der Golfplatz des *Rosebud Hotel* wurde überflutet.

Aufgrund dieser schlimmen Ereignisse dachten die Bewohner auf Parsley Manor nicht mehr an den Gast, der sich angemeldet hatte, aber nicht erschienen war.

Das änderte sich schlagartig am 2. Februar.

Das Polizeiauto mit Inspector Greenwood und Constable Donegal fuhr in die Auffahrt zum Haus. Zuerst dachte der Butler, der Inspector würde nun endlich wegen des Einbruchs erscheinen, aber das war ein Trugschluss.

Dr. Preston

Inspector Greenwood begrüßte Sir Percival und Lady Fedora herzlich. Man kannte sich seit langer Zeit. Sie nahmen im Salon Platz und Beanstock servierte Tee.

Constable Donegal nahm inzwischen die Aussagen der beteiligten Personen über die Sache mit der Mumie auf und untersuchte das zerstörte Fenster in der hinteren Tür zur Küche. Luci sah ihm dabei interessiert über die Schulter und gab ihm Ratschläge, was er zu notieren hatte. Der Constable verdrehte nach einigen Minuten genervt die Augen.

Der Inspector informierte die Baronets über einen anderen Sachverhalt.

Auf dem Golfplatz des *Rosebud* Hotels, der durch das rückstauende Wasser des River Shirty bis gestern überflutet war, hatte man, als das Wasser zurückging, etwas Beunruhigendes gefunden.

„Man fand einen Toten und ich glaube, Sie sind mit ihm bekannt. Es handelt sich um Dr. Julian Preston. Er wohnte im *Jack O'Lantern*. Der Wirt sagte aus, dass Mr Beanstock vor ein paar Tagen mit ihm gesprochen hatte. Ist das richtig, Mr Beanstock?" Damit wandte er sich dem Butler zu.

„Das ist richtig. Ich sprach mit ihm. Er stellte sich als Mitarbeiter des Amtes zum Schutz der Altertümer Ägyptens vor und war aus Kairo angereist. Er hatte einen amtlichen Ausweis der Behörde bei sich, an dem ich keinen Grund hatte zu zweifeln. Er äußerte seine Absicht, am Abend mit den Baronets zu sprechen. Es ging um den Skarabäus, der wohl auch Grund des Einbruchs vor einigen Tagen war. Es schien ihm sehr wichtig zu sein und er erklärte mir, dass man seit langer Zeit versucht, Dr. James Walton Grabdiebstahl nachzuweisen, es aber bis zu diesem Zeitpunkt nicht gelungen war. Wie ist er gestorben, wenn ich fragen darf, Sir?"

Der Inspector machte ein verdrießliches Gesicht.

„Das dürfen Sie eigentlich nicht. Aber weil Sie es sind. Der Rechtsmediziner diagnostizierte einen Schlag auf den Hinterkopf. Das hat ihn aber nicht getötet. Man fand etwas für unsere Breiten völlig Abwegiges in seinem Blut. Wieder einmal", fügte er hinzu und bezog sich wahrscheinlich damit auf den letzten Fall, als es um das genauso seltene Gift Rizin gegangen war.

„Er starb an Skorpiongift."

Die Anwesenden waren schockiert. Außer vielleicht Beanstock, der sofort in seinen Gedächtnispalast eintauchte und nach Skorpionen recherchierte.

„Na, Beanstock, in welchen Gefilden Ihres Gehirns arbeitet es denn schon wieder? Sagen Sie schon, was Sie wissen, sonst platzen Sie uns hier noch", polterte Sir Percival, der seinen Butler nicht nur genau kannte, sondern ihn auch schon eine Weile amüsiert beobachtet hatte.

„Wenn Sie erlauben, Sir?", begann Beanstock, der natürlich niemals ohne Einverständnis der Baronets etwas anmerken würde.

„Es gibt eigentlich gar nicht so viele hochgiftige Skorpione. Aber einer der wohl lebensgefährlichsten Vertreter kommt in Afrika vor. Er ist circa fünf Zoll groß, meistens bräunlich, es gibt aber auch schwarze Exemplare, und sein Gift ist wegen der Zusammensetzung tödlich. Das Gift enthält das sogenannte Kurtoxin. Das macht die milchige Substanz so gefährlich. Es wird über einen Stachel verabreicht. Es gibt aber auch Arten, die das Gift verspritzen können."

Es war urplötzlich still im Raum. Man hätte eine Stecknadel fallen hören können.

Alle sahen Beanstock staunend an. Vor allem Professor McGregor saß so gar nicht elegant mit offenem Mund in seinem Sessel.

„Parabuthus transvaalicus", ergänzte der Butler, nahm die Teekanne zur Hand und schenkte den Anwesenden Tee ein, als ob es das Normalste der Welt gewesen war, was er von sich gegeben hatte.

„Woher zum Teufel wissen Sie das schon wieder? Genau das waren die Worte des Rechtsmediziners", staunte der Inspector.

„Ich hatte mich einmal damit beschäftigt, nachdem in einem Kriminalroman die Rede von Skorpionen war. Wenn Dr. Preston an dem Gift starb, muss es konzentriert verabreicht worden sein, denn nach einem normalen Skorpionstich, auch wenn es der Vertreter der gefährlichen Sorte ist, dauert es mindestens vier bis fünf Stunden, ehe der Tod eintritt. Wahrscheinlich wurde er durch den Schlag auf den Hinterkopf betäubt, dann verabreichte man das Gift und letztendlich würde der Fluss sein Übriges tun. Der Mörder rechnete natürlich nicht mit der Sturmflut am 31.1., die das Wasser im River Shirty zurückdrückte und somit der Leichnam nicht im Meer landete, sondern als Hindernis auf dem Golfplatz."

„Sind Sie sicher, dass Sie den richtigen Beruf gewählt haben, Beanstock?", fragte der Professor und suchte in seinen Taschen nach den Himbeerbonbons.

„Ich bin durchaus mit meiner Berufswahl sehr zufrieden,

Sir." Beanstock beugte leicht den Kopf und verließ mit dem Tablett und der leeren Teekanne den Salon, um frischen Tee zubereiten zu lassen.

In der Halle kam ihm der Constable entgegen und ging mit einem kurzen Kopfnicken an ihm vorbei, während er murmelnd seine Notizen durchsah.

Er meldete dem Inspector, alle Aussagen aufgenommen zu haben, und sie verabschiedeten sich.

„Ich werde noch einen Kollegen der Spurensicherung vorbeischicken, Sir Percival, bitte machen Sie Ihrem Personal klar, dass der Tatort nicht berührt werden sollte. Ich glaube zwar nicht, dass wir verwertbare Fingerabdrücke finden, aber wir wollen nichts aussparen, nicht wahr? Ach, noch eins. Sie wissen nicht zufällig, wo dieser Walton sich zurzeit aufhält? Im *Rosebud* ist er jedenfalls nicht abgestiegen. Er sollte sich äußern zu der Sache mit diesem Käferdings."

Die Anwesenden schüttelten den Kopf.

Der Inspector nickte ihnen zu, stellte seine Teetasse auf den Tisch und verließ mit seinem Constable das Haus.

Auf der Treppe zu den Schlafzimmern trat Minerva Woodhouse aus dem Dunkel und sah dem Inspector nachdenklich nach. Dann begann sie hysterisch zu lachen und begab sich, umweht von einem Aroma nach gutem Gin, schwankend in den Salon.

Lady Fedora schloss genervt die Augen. Wie lange würde diese Heimsuchung noch andauern? Da kam ihr in diesem Moment der Verwirrung eine fantastische Idee. Aber sie sprach sie noch nicht aus. Zuerst würde sie mit ihrem besten Ratgeber, ihrem Mann, darüber reden.

Im *Three Chattering Ducks* im Nachbarort Pilpots

genehmigte sich, zur Freude des Wirts, Dr. James Walton eine Flasche des besten Single Malt. Er war überaus mit sich zufrieden, plante bereits den nächsten Schritt und wusste auch schon, wie er ihn ausführen musste. Vor ihm auf dem Tisch stand eine winzige Schatulle mit wunderschönen vergoldeten Hieroglyphen auf dem Deckel, die sich dicht an dicht drängten und kaum zu entziffern waren. James Walton trommelte mit den Fingern auf dem Deckel herum und blickte aus dem Fenster in eine vermeintlich weite Ferne. Sein Mund verzog sich zu einem Lächeln, aufmerksame Beobachter hätten es wohl eher als hämisches Grinsen gedeutet.

Am Abend dieses ereignisreichen Tages saß Lady Fedora kerzengerade in ihrem Bett und sah ihrem Gatten zu, der vor dem Bett auf und ab ging und angestrengt zu überlegen schien.

„Darling, was denkst du? Sollte ich so weit gehen? Ist es angemessen oder würde ich mir damit am allermeisten selbst schaden?"

„Warte. Lass mich nachdenken", kam es von ihrem Gatten. „Es gibt zwei Möglichkeiten, meine Liebe. Wenn du es nicht versuchst, befürchte ich, wir haben sie noch Ostern hier, und dann müssten wir beide höchstwahrscheinlich leider ausziehen, da wir uns durch ihren Ginkonsum vollkommen verschuldet hätten. Wenn du es tust, könnte es sein, dass man dich bittet, den Verlag zu wechseln. Was ich nach reiflicher Überlegung nicht annehme, da man sehr froh war, dich als Autorin zu bekommen, und du hast einen guten Vertrag abgeschlossen. Den kann man nicht so schnell kündigen. Ich bitte dich deshalb, tue es!"

Lady Fedora rückte zufrieden ihre Brille zurecht, nahm

ihren Glücksfüllfederhalter zur Hand und schrieb weiter an dem Brief, den sie bereits am Nachmittag begonnen hatte. In dem Brief empfahl sie ihrem Verlag die ausgesprochen talentierte Autorin Minerva Woodhouse und schilderte ihr Können in den schillerndsten Farben. Man müsse diese Autorin auf jeden Fall unverzüglich unterstützen, sonst würde ein anderer Verlag sie ihnen wegschnappen. Es wäre deshalb am besten, wenn man sofort und unverzüglich eine Einladung nach London aussprechen würde.

Mit Schwung setzte My Lady ihren Namen unter das Lügengespinst und fühlte sich sofort besser.

Es war ihr im Grunde ihres Herzens fast ein bisschen gleichgültig, wie man nach dieser Sache über sie denken würde. Wahrscheinlich hielt man sie für vollkommen verrückt. Sie wollte diese biblische Plage einfach nur noch loswerden. Wie sie es in der Zukunft halten würden, wenn die Dame wieder erscheinen sollte, war ihr dabei nicht klar. Dann könnte man mithilfe des guten Beanstock eine ansteckende Seuche oder dergleichen vorschützen. Sir Percival, ihr fantasievoller Gatte, würde sicher für den Bau einer Festungsmauer, eines wassergefüllten Grabens und einer Zugbrücke plädieren.

Sie läutete nach dem Butler und übergab ihm den mit dem Baronetssiegel versehenen Brief sofort.

„Beanstock, morgen bitte mit Eilboten nach London, es ist sehr wichtig."

Der Butler verbeugte sich, schloss leise die Tür zum Schlafzimmer der Eheleute und begab sich in sein Zimmer.

Dort wartete der *Tod auf dem Nil* auf ihn. Er hatte sich nach den Geschehnissen der letzten Tage wieder einmal dieses

Werk von Agatha Christie aus dem Regal genommen und vertiefte sich nun in die Lektüre. Aber bereits nach ein paar Minuten legte er das Buch zur Seite.

Er konnte sich nicht konzentrieren und seine Gedanken schweiften ständig ab.

Vor seinen Augen ließ er nochmals den Nachmittag ablaufen, an dem er mit Dr. Preston gesprochen hatte. Wie hatte er sich ausgedrückt? Es ist so viel mehr als nur ein Herzskarabäus und der Herr war nicht sicher, ob es der Gegenstand ist, nach dem Sie fahnden. Haben Sie vielleicht kleine Einkerbungen an den Seiten des Artefakts bemerken können? Das hatte er gefragt? Beanstock musste den Käfer nochmals sehen. Er hatte dieses Magengefühl, das ihn immer beschlich, wenn etwas besonders wichtig war.

Wo könnte James Walton sein? Er würde sich auf keinen Fall weit entfernt aufhalten. In einem der Nebenorte vielleicht, es gab mehrere Pubs mit Übernachtungsmöglichkeiten in der Gegend.

Da wäre in der Nähe des Wasserschlosses des Earl of Southcoffelton der alte Pub *The Water Edge,* in Sixoaks gab es *The Lovely Lady,* in Queenshill den *Streetrobber,* in Pilpots stand schließlich ein sehr alter Pub mit dem schönen Namen *Three Chattering Ducks.* Bereits in London konnte er sich nur wundern über die Fantasie der Pubwirte.

Auch im *Rosebud* sollte er nochmals nachfragen. Ihm fiel wieder der Mann ein, der Dr. Preston an jenem Abend gefolgt war. An der Rezeption hatte er bereits erfahren, dass es ein Hotelgast gewesen war.

Zuerst würde er aber mit Sir Percival reden. Wahrscheinlich wäre es kein Problem, aber die Form musste gewahrt bleiben.

Er würde den Wagen nehmen müssen. Gonzales wäre wieder hocherfreut, an den Ermittlungen teilzuhaben. Beanstock seufzte.

Morgen würde er sich darum kümmern.

Der Dame im blauen Zimmer hätten die Ohren klingeln müssen, nachdem man so viele Worte über sie verloren hatte.

Sie stand am Fenster, kratzte sich wenig ladylike am Kopf und spielte mit den klimpernden Ketten an ihrem Hals.

Der Plausch mit der Zofe, dieser Filomena, hatte gar nichts gebracht. Sie wusste nun zwar, wie es in Kairo zur Übergabe des Skarabäus gekommen war, aber mehr auch nicht. Gerade als sie sich etwas aggressiver mit der Zofe befassen wollte, stand dieses dumme Kind schon wieder im Weg. Und dieser eigenartige Vorfall neulich nachts. Diese Göre, das Kind vom Butler oder wer weiß von wem, wollte ihr allen Ernstes erzählen, dass eine Mumie Filomena holen wollte. Lachhaft. Gut, dass sie dafür gesorgt hatte, dass der Einbrecher flüchten musste.

Dummerweise lag das Objekt der Begierde nun im Safe. Aber seit wann war das ein Hindernis für sie? Außerdem war dieser aufgeblasene Baronet so durchschaubar.

Der Boden wurde ihr hier langsam zu heiß. Aber bevor sie den Skarabäus nicht hatte, würde sie nicht gehen. Dieser Käfer war viel mehr als nur ein Käfer. Der Baronet und sein Gast hatten es wohl noch nicht herausgefunden, was für ein Glück.

Nur dieser Butler machte ihr Probleme. Er war ständig in der Nähe, er wusste über alles und jeden Bescheid und er war viel zu neugierig. Dagegen musste etwas unternommen werden. Morgen würde sie sich darum kümmern.

Das Artefakt

Nach dem Frühstück, den Anweisungen des Tages und dem Überbringen der Post an die Herrschaft, wartete Beanstock, bis Lady Minerva ihr Zimmer aufgesucht hatte, mit dem Hinweis, schreiben zu wollen. Er traute dieser Dame nicht einen Moment, hatte es aber bis jetzt für sich behalten.

Sir Percival und der Professor wollten zurück in die Bibliothek gehen, um sich der Übersetzung der Hieroglyphen zu widmen.

„Sir, wenn es keine zu große Anmaßung ist, würde ich Sie bitten, mir nochmals das Artefakt zu zeigen. Mir ist da eine Frage des Dr. Preston wieder eingefallen und ich würde das gern nachprüfen."

Sir Percival winkte ihm, ihnen zu folgen.

Beanstock schloss die Tür zur Bibliothek sorgfältig, nachdem er nochmals einen kurzen Blick hinauf zu den Schlafräumen geworfen hatte. Er wollte ganz sicher sein, dass niemand mithörte. Er sah auch noch unter dem Tisch nach, das Kind müsste in der Schule sein um diese Zeit, aber Beanstock wollte keine neue Überraschung erleben.

Sir Percival ging zur Ahnengalerie an der hinteren Wand neben dem Kamin und klappte seinen Urururgroßvater, den dritten Baronet von Parsley, Sir Bartholomew, den mit dem riesigen, leuchtend roten Vollbart, zur Seite.
Dahinter kam ein Safe zum Vorschein. Sir Percival gab die Kombination ein und öffnete ihn. Er entnahm einen mit Samt ausgeschlagenen Karton und gab ihm dem Butler. Beanstock sah sich den Skarabäus unter den interessierten Augen der

beiden Herren genau an.

„Sehen Sie hier, Sir Percival, Professor McGregor, diese Einkerbungen an den Seiten? Sie sind tief und mit Absicht eingelassen worden. Wahrscheinlich muss der Käfer irgendwo hineinpassen. Denn, sehen Sie, wenn ich alle vier Einkerbungen drücken würde …“ Weiter kam Beanstock nicht.

Ein leises Klicken ließ die drei Herren aufhorchen. Der Boden des Käfers fiel auf Beanstocks Hand. Dahinter war ein winziger Hohlraum.

Professor McGregor bekam Schweißperlen auf dem Gesicht. Vorsichtig nahm er dem Butler das Oberteil des Käfers ab und drehte es um. Im Inneren lag ein vielfach zusammengefaltetes Lederstück.

„Es könnte zerbröseln, wenn ich es herausnehme“, gab der Professor zu bedenken und sah die anderen fragend an. Er sprach ganz leise, als ob er das alte Schriftstück dadurch schützen könnte.

Sir Percival gab mit einer abwinkenden Geste zu verstehen, dass sie nun schon so weitgekommen seien und auch weitermachen sollten.

Der Professor ging zu dem großen Tisch und nahm eine Pinzette zur Hand.

„Beanstock, ich weiß, dass Sie stets ein paar weiche Handschuhe mit sich führen, ziehen Sie diese an und nehmen Sie es mit der Pinzette heraus. Ich habe Bedenken. Ich könnte zittern.“

Der Butler zog sich die weißen Handschuhe über, man hatte das Staubaufkommen im Haus zu prüfen, man musste das gute Silber und die Kristallgläser mit Vorsicht berühren.

Jeder Fingerabdruck war sofort sichtbar. Deshalb führte Beanstock diese Handschuhe ständig bei sich.

Er nahm die Pinzette und griff vorsichtig in den Hohlraum. Er zog das Stück heraus und faltete es vorsichtig auseinander. Es war aus Leder gefertigt und blieb intakt. Unten an dem Leder hing an einer winzigen Kordel ein kleines Siegel aus Stein, mit einem offenen Auge darauf.

„Noch mehr Hieroglyphen. Leder wurde nur für sehr wichtige Schriftstücke verwendet. Darum ist es wahrscheinlich auch so gut erhalten geblieben. Er ist so wunderschön, seht Euch die Farben an."

Der Professor rückte aufgeregt seine Brille zurecht und vertiefte sich in den Text.

„Wir haben hier erneut eine Kartusche. Die von Pharao Echnaton, was unglaublich ist, da ich berichtet habe, wie dieser König nach seinem Tod behandelt worden war. Seine Kartuschen und Statuen wurden vielerorts zerstört. Ich persönlich hielt diesen Pharao Echnaton für einen außergewöhnlichen Visionär und seiner Zeit weit voraus. Er warf die gesamte Glaubenswelt der alten Zeit über den Haufen und entschied sich für einen einzigen Gott, die Sonne. Er zeigte sich familiär und aufgeschlossen dem Neuen. Irgendjemand, vielleicht ein enger Vertrauter oder Freund des Echnaton, hat hier etwas versteckt, um es zu schützen. Soweit ich es bis jetzt verstehe, steht hier Folgendes: „Heute wurde Echnaton, Pharao der Ägypter, Einziger des Re, der den Namen des Aton emporhebt, zu Grabe getragen. Ich, der ihm treu ergeben war, werde sein Vermächtnis beschützen. Ich, der Hüter Teremun, Anhänger des Aton, zeige hier der Nachwelt den Platz an, den nur ich und der große Echnaton kennen, um zu erhalten, was

wichtig ist, um einzutreten in das Totenreich und wieder auf-
zustehen im Glanz des Pharao. Der Skarabäus weist den Weg.
Ich verstecke ihn auf meinem Herzen und in alle Ewigkeit."

Ian McGregor sah die beiden Herren mit offenem Mund
an.

„Versteht Ihr, was das bedeutet? Ich bin sprachlos."

„Das bedeutet, es gibt irgendwo, angezeigt durch die Karte
auf dem Käfer und zu öffnen mit den Kerbungen, vielleicht
eine unberührte Schatzkammer", beendete Beanstock den
Satz.

„Und es bedeutet, dass die Mumie, auf der der Käfer gefunden wurde, kein Pharao gewesen ist, wie man wahrscheinlich vermutet hatte, sondern ein enger Freund. Das werden
wir wahrscheinlich niemals erfahren, da ja der Käfer gestohlen wurde. Das ist ein herber Verlust für die Welt der Archäologie. Seltsam", fügte der Professor hinzu und kniff die Augen zusammen. „Teremun? Dieser Name?"

„Was ist daran so besonders, Ian?", fragte Sir Percival.

„Das kann ich noch nicht mit Gewissheit sagen. Ich muss
noch mehr recherchieren."

Beanstock legte Sir Percival seine Überlegungen nahe, die
Pubs der Umgegend nach James Walton abzusuchen, um endlich ein paar Antworten zu bekommen.

„Tun Sie, was Sie für richtig erachten, mein guter Beanstock. Ich vertraue Ihnen. Versprechen Sie mir aber etwas."
Sir Percival sah seinen Butler eindringlich an.

„Sir?", fragte der Angesprochene.

„Ich bitte Sie, vorsichtig zu sein. Gut, dass Sie Gonzales
dabeihaben. Er ist ein guter Junge, glauben Sie mir."

Beanstock verneigte sich und überließ die beiden Herren

ihren Studien.

Im *Rosebud* Hotel klingelte das Telefon an der Rezeption. Miss Frost hob ab und meldete sich wie immer überfreundlich. Sie hörte dem Anrufer aufmerksam zu.

„Sie werden sofort verbunden. Mr Bosh und Mr Morosow befinden sich in ihrer Suite. Einen Moment bitte." Sie drückte einen der Knöpfe und es klingelte in der Suite 3.14.

Victor Morosow nahm den Hörer ab, während er von Mr Bosh aufmerksam beobachtet wurde.

„Verstanden." Das war das einzige Wort, das Victor Morosow äußerte. Er legte den Hörer zurück auf die Gabel und wandte sich an Bosh.

„Wir haben einen Auftrag. James Walton ist zum Abschuss freigegeben." Dabei überzog sein braunes Gesicht ein tiefgründiges Grinsen.

Mr Bosh rieb sich die Hände. Dann griff er zu seinem Messer, einem usbekischen Petchak, mit einem reich verzierten Griff aus karelischer Birke und einer fünfzehn Zoll langen Klinge aus Damaszener Stahl. Er sah fast liebevoll auf das Messer und drehte es so, dass die Klinge im Sonnenlicht schimmerte. Es hatte ihm schon sehr oft gute Dienste geleistet.

Three Chattering Ducks

Beanstock saß kerzengerade neben dem Chauffeur und blätterte in seinem schwarzen Notizbuch. Nach seinem Aufenthalt in London und den weitreichenden Recherchen musste er bei der Witwe Bloom ein neues Notizbuch bestellen. Das alte Buch hatte sich schneller mit Notizen gefüllt, als der *River Shirty* nach einem Wolkenbruch.

Gonzales beobachtete den Butler neugierig.

„Sie konzentrieren sich auf die Straße, Señor Gonzales, wenn ich bitten darf", flüsterte Beanstock ohne aufzusehen.

„Können Sie mir nicht wenigstens einen kleinen Tipp geben, warum wir den Señor Walton suchen?", fragte der Chauffeur. „Wir haben nun schon zwei wundervolle Pubs besucht, ohne ein Ergebnis. Mein Mund ist schon ganz trocken von den Fragen."

„Wieso ist Ihr Mund trocken? Ich habe doch die Fragen gestellt. Wir kommen nach Pilpots. Vielleicht haben wir dort Glück."

Der Bentley hielt vor einem alten Haus mit grauem Putz und schwarzem Fachwerk. Das Haus hatte im Obergeschoss mehrere Quergiebel mit gerundeten Verstrebungen, wie sie im 16. Jahrhundert gern verwendet wurden. Große Fenster mit vielen Unterteilungen rundeten das Bild ab.

Die Fenster hätten einen Putzlappen dringend nötig, bemerkte Beanstock traurig. Die beiden betraten den Pub und die angestaubte vernachlässigte Atmosphäre setzte sich hier im Gastraum fort. Die Eingangstür knarrte. Der Fußboden sah aus wie mit einer seltsamen Schicht überzogen und die Decke war braun vom Dunst der Zigarren.

Niemand war zu sehen. Kein Gast lümmelte sich an dem Tresen, kein Wirt dahinter.

Um diese Zeit war der *Jack O'Lantern* in Parsley Field meistens bereits gut gefüllt. Aber in diesem Pub schien die Zeit stehen geblieben zu sein. Fast erwartete Beanstock, dass aus dem Hinterzimmer ein Edelmann mit gezogenem Schwert hervorpreschen würde.

Eine ausgetretene Holztreppe führte ins Obergeschoss. Von dort kamen nun laute Stimmen. Ein Mann mit hochrotem Gesicht und einem ungepflegten Dreitagebart polterte lautstark auf den Holzstufen nach unten. Hinter ihm stieg eine Frau die Treppe herab, die ihm im Aussehen in nichts nachstand. Die Schürze, die diese Dame über einem Kleid mit undefinierbarer Farbe trug, hatte ihre besten Zeiten hinter sich und würde am Abend sicher einfach nur in der Ecke abgestellt werden müssen. Wahrscheinlich stieg die Dame am Morgen einfach wieder hinein. Sie hatte bräunliche Haare, die sie wie ein Geflecht zusammengesteckt trug. Beanstock wollte gar nicht wissen, was in diesem Haarnest lebte. Das Paar verstummte, als sie sich vermeintlichen Gästen gegenübersahen.

„Was kann ich für die Herren holen? Wir haben einen vorzüglichen Single Malt im Angebot", fragte der Mann in säuselndem Ton.

Gonzales bezweifelte das.

Beanstock vermutete den Wirt vor sich zu haben. Er stellte zum wiederholten Mal seine Frage nach dem Verbleiben James Waltons.

Sofort lief das Gesicht des Angesprochenen erneut rot an.

„Was weiß ich, wo der feine Herr abgeblieben ist. Hat sich bei Nacht und Nebel davongemacht, natürlich ohne zu bezahlen, hat auch noch eine meiner besten Flaschen mitgenommen. Sein Gepäck ist weg und sein Wagen auch. Du hast mal wieder nicht aufgepasst, wie üblich, hattest wieder mal den Kopf im Weinfass, du betrunkene Wachtel!" Mit dem letzten Satz hatte er sich zu seiner Begleiterin umgedreht und fuchtelte mit dem Finger der rechten Hand vor ihrem Gesicht herum.

Die Angesprochene ließ sich nicht lange bitten und antwortete laut und vernehmlich.

„Du alter Bock, kannst ja selbst kaum gehen, weil du dein bester Kunde bist. Schieb mir nicht immer alles zu."

„Wann haben Sie sein Verschwinden bemerkt, wenn ich fragen darf?", wollte Beanstock wissen.

„Heute Morgen fand ich seine Zimmertür offen und wusste sofort, was die Stunde geschlagen hatte. Der Herr ist geflitzt. Was haben Sie denn mit ihm zu schaffen? Sind Sie ein Verwandter? Ein Freund? Kollege? Dann können Sie die Zeche übernehmen", lamentierte der Wirt.

„Nichts dergleichen trifft auf uns zu. Ihr Verlust tut mir leid, aber wir suchen nach dem Herrn wegen einiger Nachforschungen. Darf ich mir das Zimmer einmal ansehen oder wurde es bereits von Ihnen gereinigt?", fragte Beanstock vorsichtig.

Die Dame kratzte sich verlegen am Kopf.

„Sie können nachsehen, sieht alles noch so aus wie vorher."

Beanstock vermutete, dass dieses Zimmer auch noch in einer Woche so aussehen würde. Sein Kragen schien ihm zu eng zu werden, wenn er über diese Vernachlässigung von Pflichten nachdachte.

Beanstock und Gonzales stiegen hinauf zu den Zimmern, dicht gefolgt von den Wirtsleuten.

Das Zimmer war leer. Die Schranktüren standen weit offen. Ein Fenster schloss scheinbar nicht richtig und knarrte im aufkommenden Wind. Der Zustand des gesamten Hotels fand auch in den Gastzimmern seinen Niederschlag. Es war eiskalt.

Beanstock sah aus dem Fenster. Es führte auf den Hof, wo wahrscheinlich der Wagen des Gesuchten gestanden hatte. Weit entfernt sah man das graue Band des *River Shirty*, sehr angenehm, wenn man etwas loswerden wollte.

„Können Sie mir etwas zu dem Wagen sagen, Mr …?" Der Butler bemerkte erst jetzt, dass die Wirtsleute sich nicht vorgestellt hatten.

„Was weiß ich, war ein altes Modell, ein Mietwagen aus London, hab die Marke am Nummernschild gesehen", meinte der Wirt und schien sich nicht namentlich vorstellen zu wollen.

„Es war ein blauer Wagen", fügte die Wirtin hinzu, was Beanstock nicht wirklich half.

Als er sich wieder zur Tür umdrehte, sah er etwas unter dem Bett, ein Stück Stoff. Er bückte sich und zog braune Fetzen hervor, ein alter Sack oder etwas Ähnliches, das stark nach Schimmel und Wein roch.

Neugierig trat Gonzales näher. „Was kann das sein, Señor Beanstock?"

„Ich denke, wir haben unsere Mumie gefunden."

Er erklärte den Wirtsleuten, dass er die Fetzen mitnehmen

müsse, um sie der Polizei zu zeigen. Diese Nachricht erzeugte bei dem Paar aber nur einen Lachanfall. Der Wirt winkte ab und ging kichernd aus der Tür.

„Sie sind mir ja ein Spezialist. Nehmen Sie den alten Sack mit und wenn Sie nach mehr suchen, im Keller ist noch eine Menge davon. Ich brauche einen Drink."

Beanstock griff mit zwei Fingern den schmutzigen Fetzen und die beiden Herren verließen so schnell es eben ging den Pub.

„Wohin jetzt, Señor Beanstock?", fragte Gonzales, als sie wieder im Wagen saßen.

„Zum Polizeirevier Parsley Field, Gonzales. Wir müssen den Inspector informieren."

Nachdem Beanstock mit Inspector Greenwood gesprochen und ihm die Mumienfetzen übergeben hatte, wurde es langsam Zeit, zurück nach Parsley Manor zu fahren.

Der Inspector erwartete aus der Analyse des Stoffes keine neuen Erkenntnisse. Es war nur ein Beweismittel und wurde im Archiv abgelegt.

Aber dann dachte Beanstock zurück an den festlichen Abend im Hotel. Seltsame Gestalten hatten sich dort getroffen. Es würde sicher nicht viel Zeit in Anspruch nehmen, das Hotel schnell noch zu besuchen.

Beanstock hatte zwar diesen ominösen Mr Walton gefunden, aber er wollte sich noch einmal mit der Dame an der Rezeption des *Rosebud* unterhalten, nur um sicher zu sein, nichts außer Acht gelassen zu haben.

Der graue Bentley hielt nach kurzer Zeit vor dem *Rosebud* Hotel.

„Warten Sie auf mich im Wagen, Gonzales. Und bitte

keine Ausflüge zu dem weiblichen Personal des Hotels. Wir müssen danach sofort zurück nach Parsley Manor, es ist bereits vierzehn Uhr."

Der Butler betrat das Hotel und ging zur Rezeption. Die Hotelhalle war nach dem rauschenden Fest wieder in ihren ursprünglichen gediegenen Zustand zurückgekehrt. Nichts deutete mehr auf diese schillernde indische Nacht hin. Kellner in schwarzen Anzügen liefen mit Tabletts voller köstlicher Kleinigkeiten zu den Gästen, die sich angeregt unterhielten und sich sichtlich wohl fühlten in den bequemen Plüschsesseln.

Hinter dem Tresen stand eine junge Frau. Beanstock kannte sie bereits. Miss Frost war in Anmeldeformulare vertieft und bemerkte den Butler erst, als er vor ihr stand. Sie schreckte hoch und bekam rötliche Flecken auf den Wangen.

„Mr Beanstock, Sie sind es. Bitte entschuldigen Sie. Was kann ich denn für Sie tun?"

Der Butler sah sie fragend an.

„Guten Tag, Miss Frost. Ist etwas nicht in Ordnung? Ich hatte den Eindruck, dass Sie sehr schreckhaft sind. Kann ich behilflich sein?"

Die junge Frau sah sich suchend in der Hotelhalle um. Als sie denjenigen nicht sah, nach dem sie Ausschau hielt, wandte sie sich flüsternd an Beanstock.

„Ich sollte vielleicht nicht darüber sprechen. Ich hatte Mr Divari bereits dahingehend informiert. Es sind zwei Herren vor einigen Tagen hier abgestiegen, die mir Angst machen. Das bleibt doch unter uns, oder, Mr Beanstock?"

„Miss Frost, meine Erfahrung rät Ihnen, auf jeden Fall darüber zu sprechen. Ich hatte gerade im letzten Jahr mit

142

Dienstboten zu tun, die eben nichts gesagt hatten und sich dadurch in eine lebensgefährliche Situation gebracht haben. Erzählen Sie mir von den Herren. Und ich muss Ihnen auch raten, derlei Dinge an *Daisy Chain* weiterzumelden. Sie sind vertraut mit unserer Organisation?"

Miss Frost nickte und beugte sich etwas über den Tresen, um nicht zu laut reden zu müssen.

„Es handelt sich um einen Mann namens Victor Morosow, der mir anzügliche Blicke zuwirft und seltsame Reden führt. Ich fühle mich ausgesprochen unwohl in seiner Gegenwart. Der andere Herr, ein Mr Bosh, ist wohl sein Chef, redet nie, bleibt meist auf dem Zimmer und ist ein muskelbepackter Riese von Gestalt."

„Woher sind die Herren angereist?"

„Sie sind aus London gekommen, fahren einen wunderschönen Rolls-Royce und haben scheinbar sehr viel Geld zur Verfügung. Aber etwas finde ich seltsam."

Beanstock sah Miss Frost erwartungsvoll an.

„Sie sind beide unglaublich braun gebrannt, als ob sie aus Italien kommen oder von noch weiter. Und dann dieser Name, Bosh, was das wohl bedeuten soll?"

Miss Frost stellte sich mit verschränkten Armen kerzengerade hin und schüttelte verständnislos den Kopf.

Beanstock erkannte immer deutlicher, dass hier eine Bande ihr Unwesen trieb. Was würden diese Verbrecher als Nächstes unternehmen? Beanstock musste auf der Hut sein.

Er bedankte sich bei Miss Frost, riet ihr nochmals, mit Mr Divari zu sprechen, und verließ nachdenklich das Hotel.

Hinter einer der Säulen neben der Rezeption drückte sich ein Hotelpage herum.

Er rieb sich die Hände und dachte dabei an das ausgiebige Trinkgeld, das er zu erwarten hatte.

Zu erzählen gab es wieder einmal genug.

In der Bibliothek mit dem Revolver

Es war später Nachmittag geworden und die Pflicht wartete auf Beanstock.

Das abendliche Dinner musste vorbereitet werden. Es gab vor allem einen Gast, der auf einen Aperitif warten würde, und er wollte noch einmal Professor McGregor fragen, ob er neue Erkenntnisse durch die Übersetzung der Hieroglyphen erlangt hatte. Beanstock war sich sicher, dass der Schlüssel zu allen seltsamen Vorkommnissen und dem Mord an dem Beamten der Altertumsbehörde dieser Skarabäus war. Sein Geheimnis war noch nicht vollständig aufgedeckt.

Die Gesellschaft hatte sich im Salon versammelt. Lady Minerva, eingehüllt in mehrere Lagen raschelnder Stoffe und dem unvermeidlichen Aroma von ausgiebig genossenem Gin, war an diesem Abend ausgesprochen still und beobachtete aus den Augenwinkeln ihre Gastgeber. Beanstock reichte die gemixten Getränke und beobachtete seinerseits die Schriftstellerin.

Der Professor unterhielt sich leise mit Sir Percival und dem heute angereisten neuesten Gast, einem Vertreter des Britischen Museums aus London. Der Herr mit dem ausgefallenen Namen Smith hatte auf die Bitte des Professors hin Literatur zur Übersetzung der Hieroglyphen mitgebracht.

Beanstock hatte den Eindruck, dass Lady Minerva die Ohren spitzte, um etwas von dem Gespräch zu erhaschen. Man sah ihr die Unzufriedenheit an, als sie in dieser heiligen Handlung durch Gesprächsfetzen von Seiten der Hausherrin gestört wurde.

Lady Fedora versuchte sie erneut in ein Gespräch zu verwickeln.

„Geht es denn voran mit Ihrem Buch?", fragte sie in diesem Moment.

Die Angesprochene nippte an ihrem Drink und kicherte nur.

In diesem Moment klingelte in der Halle das Telefon.

Lady Fedora seufzte hörbar.

Der Butler nahm den Hörer zur Hand und fragte nach dem Begehren.

„Hallo Mr Beanstock, Horazius Pendergast am Apparat. Entschuldigen Sie die späte Störung, ich würde gern mit Lady Fedora sprechen. Es geht um Ihren Gast, Mrs Woodhouse."

Beanstocks Augenbraue hob sich erwartungsvoll.

„Einen Moment, Sir, ich werde Sie auf einen anderen Apparat legen."

Er drückte einen Knopf und stellte so das Gespräch zum Salon durch. Der Butler nahm dort den Hörer ab, meldete sich kurz und erklärte Lady Fedora, dass ihr Verleger am Telefon sei.

My Lady sprintete zum Hörer und begrüßte erfreut und erwartungsvoll ihren Verleger. Danach hörte man nur noch kurze Worte von ihr wie ach und aha und wunderbar.

„Ich danke Ihnen, Horazius, ich werde die Dame informieren."

Lady Fedora legte lächelnd mit geröteten Wangen den Hörer auf und drehte sich zu Lady Minerva um.

„Stellen Sie sich nur vor, meine liebe Minerva! Das war mein Verleger. Er ist sehr interessiert, Ihr Buch kennenzulernen, und erwartet Sie morgen in London. Das ist doch eine wunderbare Neuigkeit. Ich bin sicher, Ihr Buch wird ein großer Erfolg."

Sie setzte sich zurück auf ihren Platz, rief nach dem Butler und bestellte, zur Überraschung ihres Ehemanns, Champagner zur Feier des Tages.

Die Einzige, die nicht dem Anlass entsprechend glücklich wirkte, war die gefeierte Autorin Minerva Woodhouse. Sie spielte nervös mit ihren vielen glitzernden Ketten und schien angestrengt zu überlegen.

So verlief der Rest des Abends in einer seltsam schweigsamen Atmosphäre.

Nach dem Dinner verabschiedete sich Lady Minerva mit dem Grund, noch an ihrem Manuskript arbeiten zu müssen.

Die Herren gingen auf einen letzten Whisky in die Bibliothek und Lady Fedora saß noch eine ganze Weile, glücklich lächelnd über ihren cleveren Schachzug, im Salon und sah hinaus in den Garten.

Etwas entfernt von Parsley Manor wartete in einem blauen Wagen ein Mann ungeduldig auf die Nacht. Auf dem Nebensitz lagen schwarze Lederhandschuhe und ein Sortiment Dietriche.

James Walton wollte einen letzten Versuch starten, an den Skarabäus zu kommen. Die Zofe würde den morgigen Tag nicht erleben. Er konnte nicht länger warten.

Er nahm die Holzschatulle zur Hand, die er im Koffer Dr. Prestons gefunden hatte. Vorsichtig öffnete er sie und sah lächelnd hinein. Preston hatte doch tatsächlich angenommen, dass er ihn, James Walton, überrumpeln könnte. Lächerlich.

Er öffnete das Kästchen etwas weiter und nahm eine Phiole

mit einer gelblich weißen Flüssigkeit daraus hervor. Daneben lagen eine Spritze und der vertrocknete Chitinpanzer eines schwarzen Skorpions. Nachdem er Preston überwältigt hatte, war es ein Leichtes gewesen, ihm seine eigene Spritze zu verpassen. Es war fast zu einfach gewesen. Dieses dürre Kerlchen hatte ihm den Haftbefehl gezeigt und damit sein eigenes Todesurteil unterzeichnet.

Noch immer brannte im Gewächshaus neben dem Haus das Licht. Ging dieser Gärtner nicht endlich schlafen?

James Walton hatte das Haus bereits seit zwei Tagen beobachtet. Er wusste nun nicht nur, wie es im Haus aussah, sondern kannte auch die Gewohnheiten der Bewohner.

Endlich lag der gesamte Komplex Parsley Manor im Dunkel der Nacht.

James Walton streifte die Handschuhe über, steckte die Spritze mit der milchigen Flüssigkeit vorsichtig in seine Jackentasche und schlich zum Haus.

Er konnte nicht wissen, dass der Käfer nicht mehr im Besitz der Zofe war.

Auf der anderen Seite des Hauses machten sich Bosh und Victor Morosow bereit für ihren nächtlichen Auftrag.

Bosh spielte gedankenverloren mit seinem Messer.

„Hör auf, mit diesem Ding rumzuspielen", flüsterte Morosow. „Du machst mich nervös."

Wie immer kam keine Antwort von dem muskelbepackten Riesen neben ihm.

James Walton hatte nicht bemerkt, dass er bereits seit Tagen ebenfalls beobachtet wurde. Bosh hatte ihn in Pilpots gefunden und auch seine überstürzte Flucht von dort mitbekommen.

Im Gegensatz zu ihrem Freund Walton wusste Morosow, wo er den Skarabäus zu suchen hatte. Er hatte seine Informanten überall.

Vorher musste man sich um James Walton kümmern.

Und dann war da noch dieser überaus neugierige Butler, dieser Beanstock. Er steckte seine Nase in Dinge, die ihn nicht interessieren sollten. Seine Nachfragen im *Rosebud* Hotel waren Victor nicht entgangen, denn auch hier in good old England gab es Angestellte, die einem Zusatzverdienst offen gegenüberstanden.

Ihm war bereits am ersten Tag das gelangweilte Gesicht des Hotelpagen aufgefallen. Victor hatte ein Händchen für potenziell geldgierige Informanten. Das erste übertriebene Trinkgeld und der junge Page zappelte an der Angel. Er versprach dem Pagen noch mehr, wenn er für ihn die Augen und Ohren offen hielt.

Victor schnippte mit dem Finger in Richtung seines Begleiters und deutete auf die Gestalt, die sich langsam dem Haus näherte.

Bosh nickte nur kurz und folgte dem Schatten zur Rückseite des Hauses.

In der Zwischenzeit wollte Victor sich den Skarabäus holen. Die Eingangstür war, wie verabredet, nicht verschlossen.

Die Halle lag in absoluter Stille vor ihm. Er leuchtete mit einer Taschenlampe durch den Raum und erkannte die Tür zur Bibliothek.

Leise drückte er die Klinke und trat ein. Der aufgegangene Mond erhellte die Szene mit diffusen Schattenspielen.

Morosow leuchtete die Reihe der Ahnen Sir Percivals ab und blieb an dem roten Bart Sir Bartholomews hängen.

Mit schnellen Schritten war er dort und klappte das Bild zur Seite. Der Safe dahinter schien für ihn kein Problem zu sein. Er drehte an dem Rädchen zweimal nach rechts und zweimal nach links, es klickte und der Safe war offen.

Darin fand er, wie erwartet, ein schwarzes Kästchen. Ohne den Inhalt zu überprüfen steckte er das Kästchen in die Tasche und drehte sich zur Tür um.

Jemand betätigte den Lichtschalter und der Raum wurde hell.

„Ich denke, Sie sollten mir das Artefakt zurückgeben", sagte eine Stimme.

Victor Morosow war nur einen Moment überrascht.

„Sie können mich nicht aufhalten, Beanstock. Sie sind doch der Butler dieses Hauses, nicht wahr? Sind Sie es nicht leid, für diese arroganten Blaublüter zu schuften? Wollen Sie nicht lieber Ihr eigenes Ding durchziehen? Hier in meiner Hand halte ich eine Fahrkarte für Sie. Sie könnten ein völlig anderes Leben beginnen. Wie hört sich das an?"

Der Mann hatte sich bei diesen Worten Beanstock immer mehr genähert.

„Ich verabscheue Waffen, aber heute Abend habe ich mir den Armeerevolver aus Sir Percivals Schrank genommen. Also nehmen Sie die Hände empor und legen Sie das Artefakt auf den Tisch. Ich werde Sie der Polizei übergeben."

Beanstock hob den alten Revolver und richtete ihn auf Victor Morosow.

Das Gesicht seines Gegenübers verzog sich zu einer lächelnden Grimasse.

„Könnten Sie das für meinen Freund hinter Ihnen wiederholen? Er redet nicht sehr viel, dafür ist er umso flinker und stärker."

Hinter Beanstock war ein Schatten erschienen.

Der Butler drehte sich blitzschnell um, aber die Faust von Bosh war schon auf dem Weg zu ihm. Beanstock konnte sich nur noch leicht wegdrehen, um so nicht die gesamte Wucht des Schlages abzubekommen. Trotzdem kam der Schmerz mit Wucht und beförderte ihn von den Füßen auf den Boden.

Einen kurzen Moment fühlte er sich benommen, aber er kam wieder auf die Füße und würde den nächsten Schlag nicht abwarten. Er hob den Revolver und zielte.

In diesem Moment gab es einen dumpfen Schlag und der Riese vor ihm sackte brummend in sich zusammen.

Hinter der Gestalt am Boden tauchte Gonzales auf und wiegte grinsend seinen Baseballschläger in der Hand.

„Wie immer, Gonzales, kommen Sie im richtigen Moment", sagte Beanstock und rieb sich seine rechte Gesichtshälfte.

„Wohl nicht ganz im richtigen Moment, Señor. Sehen Sie, wer uns entkommen ist. Der dürre braune Moscardón ist mit dem Inhalt des Safes entkommen." Dabei wies der Chauffeur bedauernd auf das offene Fenster im Hintergrund der Bibliothek.

„Er wird nicht viel Freude an dem gestohlenen Stück haben."

Beanstock griff in seine Tasche und zog den Skarabäus hervor.

„Ich hatte die Vermutung, dass irgendwann in einer der nächsten Nächte etwas passieren würde. Ich wusste nur nicht genau, wer sich hier sehen lassen wird. Darum hatte ich mit Wissen Sir Percivals den Skarabäus aus dem Safe entnommen und trug ihn seitdem bei mir. In dem Kästchen liegt ein Stein. Ich hatte angenommen, Mr James Walton hier zu sehen, aber scheinbar sind noch andere Leute involviert. Und meine Vermutung geht da in die Richtung eines der Gäste Sir Percivals. Gonzales, versuchen Sie den Mann am Boden zu fixieren. Ich rufe jetzt die Polizei und überprüfe die Anwesenheit des Gastes."

„Ich werde den Kerl einfach festbinden. Dann kann la Rata nicht entkommen."

„Das bedeutet fixieren, Gonzales."

„Warum sagen Sie es dann nicht, Señor Beanstock? Sie reden immer in Rätseln. Ich hole schnell ein Seil aus dem Boot Room. Passen Sie kurz auf den Kerl auf."

In diesem Moment hörten die beiden einen Motor aus Richtung der Garage aufheulen.

Sie sahen sich mit großen Augen an und liefen zur Eingangstür, die weit offen stand. Ein rotes Sportauto flog an Ihnen vorbei und nahm die Kurve zur Ausfahrt mit Schwung. Dann verschwand es in der Dunkelheit.

Mortecai, der auf seiner nächtlichen Katertour war, hatte die offene Tür bemerkt und schob sich nun an den beiden Menschen, die in der Tür standen, leise vorbei. Er hatte sonst niemals die Gelegenheit, das Innere des Hauses zu untersuchen. Sein Lieblingsfeind Junior wohnte im Haus. Da musste es doch etwas Interessantes zu essen geben? Außerdem war der Beagle nirgends zu sehen, obwohl er den Lärm doch bemerkt haben müsste.

Aber auch dieses Mal sollte es dem Kater nicht gelingen. Gerade als er die Samtpfote auf der ersten Stufe nach oben hatte, griff ein starker Arm zu und beförderte ihn wieder nach draußen. Beanstock entging nichts so leicht.

Inzwischen hatte Gonzales mittels eines Seils den riesigen Mann in der Bibliothek gefesselt. Der Butler rief die Polizei und begab sich dann sofort nach oben, um Sir Percival zu informieren.

Auf Parsley Manor schlief im Moment niemand mehr, außer Phillis, die wieder einmal nichts mitbekommen hatte. Die Angestellten versammelten sich in der Küche und Mrs Argyle setzte bereits Teewasser auf, als die Köchin gähnend erschien, auf dem Kopf ihre weiße Haube mit der rosafarbenen Spitze. Die lange Routine im Haus als Köchin gestattete ihr mit halb geschlossenen Augen zur Kanne zu greifen, Tee einzufüllen und sie mitsamt der Zuckerdose und dem Milchkännchen auf dem bereitstehenden Tablett zu deponieren.

Harrison lag mit dem Kopf auf den Händen mehr auf dem Tisch, als dass er saß.

Der Gärtner öffnete die Tür zur Küche mit seinem Schlüssel und setzte sich schmunzelnd zu dem Knecht, der leise Schnarchgeräusche von sich gab.

Weit entfernt näherte sich die dröhnende Klingel des Polizeiwagens.

„Dieses Gebimmel ist furchtbar. Man sollte sich wirklich etwas anderes für die Polizei ausdenken", bemerkte Lizzy, das neue Hausmädchen, und konnte sich ein Gähnen nicht verkneifen. Fröstelnd schlang sie ihren langen dicken Morgenmantel um ihren Körper. Mrs Argyle betrachtete fasziniert die Hausschuhe des Mädchens, ein rosa Etwas aus Plüsch mit Hasenohren.

Die Zofe Lady Fedoras war bei der Hausherrin. Filomena war blass und sah übermüdet aus. Sie schlief seit dem Vorfall mit der Mumie kaum noch richtig und schreckte bei jedem noch so kleinen Geräusch auf. My Lady registrierte es und beobachtete die junge Frau besorgt.

Niemandem war aufgefallen, dass Lucie noch nicht aufgetaucht war, obwohl sie sonst eine der Ersten war, wenn es etwas zu sehen gab.

Inspector Greenwood tauchte in der Tür zur Halle auf, gefolgt von seinem Constable, der bereits Bleistift und Block in der Hand hatte. Sein Verbrauch an Notizblöcken war legendär. Im Gegensatz zu seinem Vorgesetzten sah Constable Donegal wie aus dem Ei gepellt aus. Die Uniform saß, er war frisch rasiert und sein dicker Schnauzbart sah gepflegt aus.

Der Inspector schien noch nicht richtig wach zu sein.

„Zwei Uhr in der Frühe. Warum müssen Verbrecher immer zur Schlafenszeit zuschlagen? Sind die niemals müde? Haben die kein Bett?"

Er gähnte. Sein Mantel war falsch geknöpft und der Hut saß leicht schief auf dem ungekämmten Haar.

„Sie dagegen, Mr Beanstock, sehen aus, als hätten Sie niemals Schlaf nötig. Seit wann sind Sie denn auf? Haben wahrscheinlich noch gar nicht geschlafen, oder? Bewunderungswürdig."

Der Butler verneigte sich leicht und wies dann dem Inspector den Weg zur Bibliothek. Hier warteten Sir Percival und sein Gast Ian McGregor. Der Vertreter des Museums war bereits nach London zurückgekehrt, um die weiteren Schritte zu beraten.

Auf dem Boden lag ein wahrer Riese. Die Muskeln waren so dick und breit, dass sie wie Keulen aussahen. Der Mann lag gut verschnürt am Boden und nur am Funkeln seiner dunklen Augen erkannte man, dass Leben in ihm war. Neben ihm hielt Gonzales Wache. Seinen Baseballschläger hatte er auf Anraten des Butlers in einem Schrank verwahrt. Die dicke Beule am Kopf des glatzköpfigen Riesen war nicht zu übersehen. Sie begann bereits vielfarbig zu leuchten.

Noch immer hatte der Mann am Boden nichts gesagt. Beanstock vermutete, dass er nicht sprechen konnte.

In ein Haushaltstuch gewickelt übergab er dem Constable ein Messer, das sie bei dem Mann gefunden hatten.

„Es ist Blut an der Waffe. So ein Messer habe ich noch nicht gesehen."

„Was denn? Sie wissen nicht, um was für eine Waffe es sich handelt?", bemerkte der Inspector. „Beanstock, Sie überraschen mich immer wieder. Sie wissen doch sonst immer alles genau. Aber dieses Mal kann ich helfen."

Der Inspector ließ sich die Waffe geben und hielt sie vorsichtig mit dem Tuch, um keine Fingerabdrücke zu beschädigen.

„Das ist ein Petchak, ein mindestens dreißig Zentimeter langer krummer Dolch mit einer Klinge aus Damaszener Stahl, sehr ungewöhnlich. Diese Messer werden in Usbekistan hergestellt und getragen. Es ist dort eine Art Tradition. Der helle Griff ist wahrscheinlich Birke. Sie sehen darauf kyrillische Buchstaben, meist der Name des Trägers. Wenn ich mir unseren Freund hier am Boden so ansehe, würde ich auch sagen, er ist Usbeke. Constable, helfen Sie ihm auf, vorsichtig, er sieht nicht so aus, als ob er sich gern zur Wache abführen lässt."

Gonzales griff mit zu, da der Mann sich noch schwerer machte und störrisch brummte.

155

„Im *Rosebud* Hotel hat sich dieser Herr als Mr Bosh eingetragen. Sein Begleiter, Victor Morosow, ist entkommen. Minerva Woodhouse, Gast dieses Hauses, hat ihm dabei geholfen, wobei ich bemerken möchte, dass der Name wahrscheinlich falsch ist, und eine Lady ist sie sicher auch nicht. Sie fuhren in dem Sportwagen der Dame davon. Ein roter Zweisitzer", bemerkte Beanstock.

„Ein Roadster, eleganter Sportwagen, davon gab es nur wenige. Der Triumph Dolomite Straight Eight ähnelt ihm, Kennzeichen London 3839", ergänzte Gonzales zur Überraschung des Inspectors.

„Noch ein Spezialist, oder? Ich komme doch immer wieder gern zu einer Schulstunde nach Parsley Manor. Haben Sie das, Constable? Warum frage ich das eigentlich?", fügte er hinzu als er seinen Constable Donegal, wie besessen schreiben sah.

Der Riese lachte in diesem Moment schallend. Dann öffnete er den Mund und man konnte den Grund sehen, warum er niemals sprach. Er hatte keine Zunge, sie war entfernt worden. Mit dem Wenigen, was er ausdrücken konnte, nuschelte er unverständlich etwas.

„Er heißt nicht Bosh. Wir sollten Angst haben vor dem echten Bosh, und der Schatz ist bald in seinen Händen. Wir sehen ihn niemals wieder!" Luci hatte sich herangeschlichen und zugehört.

„Luci, woher willst du wissen, was der Herr gesagt hat? Ich habe es kaum verstanden", erwiderte Beanstock und ging schnell zu dem Kind. Schützend stellte er sich zwischen Luci und den Riesen.

„Das ist gar nicht so ungewöhnlich, Beanstock", erklärte

Professor McGregor. „Kinder haben eine ganz andere Auf-
fassungsgabe von Sprache als wir, sie haben Fantasie und
können Dinge unvoreingenommener bewerten.

Manchmal verstehen sie einfach besser, was ein Nuschler
meint."

Luci grinste.

„Nun gehst du aber sofort in die Küche zu Mrs Argyle. Was
hattest du denn hier schon wieder zu suchen?", ergänzte der
Butler.

„Ich habe nach Junior gesehen. Ich habe mich gewundert,
dass er nicht gebellt hat. Er liegt und schläft ganz tief und die
Tür zum Boot Room steht offen. Irgendjemand hat ihm sicher
etwas gegeben, damit er ruhig ist. Ich habe Angst, dass er
nicht mehr aufwacht." Dem Kind traten Tränen in die Augen.

Sir Percival griff nach ihrer Hand.

„Weißt du was? Wir sehen gleich mal nach ihm. Es wird
schon alles gut sein. Er schläft sicher nur. Und wenn nichts
hilft, rufen wir morgen Dr. Winterbottom, die Tierärztin."

Die beiden gingen nach hinten und tatsächlich schlief der
Hund noch immer. Sein Atem ging ruhig und es schien ihm
ansonsten gut zu gehen.

„Siehst du, mein Kind, alles in Ordnung", sagte Sir Percival und hielt einen Moment seine Hand auf das Herz des
kleinen Tieres. „Jetzt deckst du ihn schön mit seiner Decke
zu, damit er nicht auskühlt und dann bekommt er noch frisches Wasser. So kann er gleich trinken, wenn er aufwacht.
Morgen wird es ihm wieder gut gehen. Wahrscheinlich ist
ihm mal wieder seine Fresslust zum Verhängnis geworden.
Jetzt schließen wir aber die Tür nach draußen. Es wird eiskalt
hier."

Sir Percival wollte die Tür schließen. Zum Glück fiel ihm noch rechtzeitig ein, dass er keine Fingerabdrücke verschmieren durfte. Also nahm er ein Taschentuch aus seinem Morgenrock, den er noch trug, und wollte so die Tür schließen. Erst da bemerkte er eine Hand. Sie lag zwischen der Tür. Schnell drehte er sich zu dem Kind um. Sie hatte es nicht bemerkt und kümmerte sich gerade rührend um den Hund.

„So, nun gehen wir wieder zu den anderen und du gehst zu Mrs Argyle in die Küche." Damit schob sie der Hausherr vor sich her aus dem Boot Room.

Luci bedankte sich und verschwand schon viel fröhlicher im Dienstbotenbereich.

Wieder in der Bibliothek angekommen, unterrichtete Sir Percival den Inspector von seiner Beobachtung.

Beanstock begleitete ihn an die Rückseite des Hauses, während die anderen den Usbeken im Blick behielten. Das Spurensicherungsteam und ein zweiter Polizeiwagen sollten bald eintreffen, dann könnte man den Mann endlich abtransportieren.

James Walton hatte seine Gier nach Gold und Geld mit dem Leben bezahlt.

„Der Dichter John Donne hat einmal gesagt: *Jedes Menschen Tod ist mein Verlust, denn ich bin Teil der Menschheit.* Ein durch Gewalt verursachter Tod macht mich betroffen, auch wenn ich diesen Herrn nicht genug kannte, um wirklich zu trauern. Er hat versucht, Unheil über dieses Haus zu bringen", sagte Beanstock leise und starrte betroffen auf die Leiche.

„Er hat eine tiefe Wunde in der Nähe des Herzens. Der Rechtsmediziner wird sich damit befassen müssen. Meine

Vermutung geht zum Messer unseres usbekischen Freundes, wenn er denn ein Usbeke sein sollte", bemerkte Inspector Greenwood. Er hockte neben dem Leichnam und untersuchte die Taschen des Toten.

„Vorsicht, Inspector, ich vermute, in seiner Tasche werden Sie das Skorpiongift finden. Vielleicht hat er eine Spritze benutzt, aber ich bin mir sicher, dass er für den Tod Dr. Prestons verantwortlich war. Es ist kaum anzunehmen, dass er mit einem echten Skorpion reiste. Außerdem wäre das Gift eines Stiches nicht konzentriert genug."

Inspector Greenwoods Hand zuckte zurück. Vorsichtig lugte er in die Taschen des Mannes.

„Sie haben mal wieder richtig vermutet. Da steckt eine Spritze in der Tasche. Ich lasse sie lieber vorerst dort. Die Spurensicherung ist bald vor Ort und kann sich darum kümmern. Gehen wir zurück ins Haus, es ist saukalt hier und der Mann läuft nicht mehr fort, so viel habe ich gelernt über tote Menschen. Obwohl Dr. Seeker, Sie kennen unseren Rechtsmediziner gut, mir einmal von einem Fall berichtet hat. Der tote Kerl sprang von seinem Seziertisch und rannte unbekleidet wie er war, durch halb Scotland Yard, bevor man ihn überwältigen konnte. War dann wohl doch noch kein Fall für den guten Seeker."

Der Inspector konnte sich ein Lachen nicht verkneifen und kicherte bis ins Haus vor sich hin. Das war sicher der Müdigkeit zuzuschreiben.

Im Haus waren inzwischen noch andere Beamte am Werk. Der Riese wurde abgeführt, wehrte sich ausgiebig und verpasste einem der Polizisten eine dicke Lippe.

Das Spurensicherungsteam arbeitete in der Bibliothek und

wurde danach zu dem Toten am Hintereingang geschickt.

Lady Fedora saß mit ihrem Gatten und dem Professor im Salon bei einer Tasse Tee.

Zum wiederholten Mal beschwerte sich Sir Percival, dass man seinen Safe so leicht aufbekommen hatte. Er war sich sicher, eine todsichere Kombination gefunden zu haben.

Lady Fedora nippte an ihrem Tee und verdrehte die Augen.

„Darling, nun beruhige dich doch. Denkst du wirklich, meinen Geburtstag als Kombination zu benutzen, würde niemandem einfallen? Ich sagte dir bereits, als du den Safe anbringen hast lassen, du musst dir etwas Komplizierteres ausdenken. Und bevor du fragst, nein, Juniors Geburtstag ist genauso wenig geeignet. Du siehst es ja, wie leicht diese Person den Safe öffnen konnte."

„Aber es war doch ein Fremder. Woher kannte er dann die Zahlen?" Sir Percival war ratlos.

In diesem Moment erschien der Butler mit dem Inspector im Salon.

„Wenn ich bemerken darf, Sir, Minerva Woodhouse war keine Lady und befand sich nur hier im Haus, um die Möglichkeiten auszuspionieren, wie man an den Skarabäus kommen konnte. Sie war lange genug hier, um diese Dinge herauszubekommen. Sie ist mit diesem Victor Morosow geflüchtet. Unseren usbekischen Freund haben sie eiskalt zurückgelassen."

„Die Gesichter der beiden möchte ich zu gern sehen, wenn sie bemerken, dass sie einen Stein gestohlen haben." Sir Percival lachte dröhnend. Der Professor stimmte mit ein und Lady Fedora konnte nur gütig lächeln über ihren Gatten.

„Ich würde gern das Gesicht dieses ominösen Bosh sehen,

wenn er merkt, dass seine Handlanger mit einem Stein zurückkehren. Er ist scheinbar ein sehr unangenehmer Zeitgenosse", fügte der Inspector hinzu.

Die weißen Klippen von Dover bieten dem von Frankreich kommenden Reisenden einen majestätischen Anblick, den man so schnell nicht wieder vergisst. Bis zu 106 Meter erheben sich die Felsen reinweiß und strahlend in den britischen Himmel. Wie ein Bollwerk aus Kalk und Feuerstein scheinen sie die Küste vom County Kent zu beschützen. Daran haben sich schon viele Eroberer die Zähne ausgebissen.

Heute verunzierte die weiße Schönheit ein roter Fleck in der Landschaft. Weit oben dicht am Rand der Klippe stand ein roter Sportwagen. Ein seltenes Modell, wie der kleine Junge bemerkte, der es entdeckt hatte, als er auf seinem Weg zur Schule war. Seine Mutter hatte ihm schon oft verboten, den Klippenweg zu nehmen. Er war gefährlich. Es waren schon Teile abgebrochen in der Vergangenheit.

„Erwische ich dich noch einmal auf den Klippen, Samuel, bekommst du Hausarrest, bis du in Rente gehst."

Die Mutter hatte mit dem Zeigefinger vor ihm herumgefuchtelt. Die Falte auf ihrer Stirn war wieder dunkelrot angelaufen. Sam fand das toll. Das durfte seine Mutter natürlich nicht bemerken und so machte er ein schuldbewusstes Gesicht und nickte zustimmend.

Aber kleine Jungs hören oftmals nicht und er war wieder einmal zu spät. Außerdem mochte er nicht, wenn seine Mutter ihn Samuel nannte. Deshalb hörte er nicht gern auf ihre Vorschriften und machte sein eigenes Ding, wie er es nannte. Also nahm er die Abkürzung über die Klippen.

Für das Automobil war es natürlich ein Glücksfall, denn wenn diese Oldtimerschönheit aus dem Jahr 1938 hier lange in der salzigen Luft der Küste verbringen würde, wäre der schöne glänzend rote Lack bald Geschichte. Außerdem war es ein offener Zweisitzer und die wunderschönen weichen Ledersitze waren sicher bereits durchnässt.

Sam näherte sich dem Wagen.

Bevor er es jemandem melden würde, sollte man noch einmal nachsehen, ob nicht etwas Interessantes darin zu finden war.

Vorher hatte er sich davon überzeugt, dass wirklich niemand in der Nähe war, dem das Auto gehörte. Weit und breit gab es nur leere Wiesen.

Auf dem Meer fuhr die Vormittagsfähre von Dover nach Calais. Sam sah ihr sehnsüchtig nach. Zu gern würde er einmal damit fahren. Wenn er groß war, wollte er zur See gehen, das stand fest.

Als er nah am Auto ankam, sah er etwas sehr Verstörendes. Aus der offenen Seitentür lugte ein Fuß hervor. Der Junge wollte schon umdrehen und schnell davonlaufen. Aber dann ging er doch noch einen Schritt näher. Die Neugier siegte über seine Angst.

„Mister? Geht es Ihnen gut? Hallo, Mister?", rief er und beobachtete den Fuß genau. Er rührte sich nicht.

Also ging Sam näher und schaute in das Innere des Wagens. Ein Mann in einem grauen Anzug lag im Wagen. Sein Gesicht war bräunlich mit vielen roten Spritzern. Seine Augen waren offen und starrten in Richtung der französischen Küste, als ob er nicht fassen könnte, was ihm passiert war. An einer Seite des Kopfes war ein Loch und Blut war auf den schönen grauen Anzug getropft. In seiner Hand lag ein dicker schwarzer Stein.

Sam kratzte sich verlegen am Kopf. Er hatte keine Angst vor toten Menschen, das mochte von dem Beruf seines Vaters herrühren, der im Ort der Totengräber war. Dieses Wort sollte der Junge eigentlich nicht sagen. Es hatte ihm bereits eine Strafe eingebracht. Sein Vater betrieb ein Beerdigungsinstitut, so war es korrekt.

Wie auch immer, Sam zuckte die Achseln, drehte sich um und lief zurück nachhause, um seinem Vater von dem toten Herrn auf den Klippen zu berichten. Als er daran dachte, dass er vielleicht heute nicht mehr zur Schule zu gehen brauchte, pfiff er ein fröhliches Lied.

So endete der Tag auch für den nächsten Mitarbeiter des berüchtigten Bosh nicht sehr gut. Victor Morosow musste nie wieder Tee trinken.

Reisevorbereitungen

Inspector Greenwood saß wieder einmal im Salon und berichtete den Baronets von einem Mord. Er wäre nicht verpflichtet, seine polizeilichen Ermittlungen offenzulegen, aber er war sich bewusst, dass das zum guten Ton von Parsley Field gehörte, dem Grundherrn relevante Dinge nicht vorzuenthalten.

Außerdem war ihm durchaus klar, dass Beanstock es irgendwie doch erfahren würde. Also konnte er auch sofort darüber berichten.

So saß nun der Inspector, gut versorgt mit einem Whisky und einem Stück von Mrs Porkpies - im Hause überaus geschätztem - *Victoria Sponge Cake* auf einem der bequemen Sessel und berichtete den Anwesenden von den Neuigkeiten.

„Oh, ist der gut", murmelte er in diesem Moment und schob sich ein weiteres Stück Kuchen in den Mund.

Dann sah er die aufmerksamen gespannten Gesichter um sich herum. Sah, dass Beanstock sich immer noch an den Karaffen zu schaffen machte und sie neu dekorierte. Obwohl das unnötig war, er würde sie danach doch wieder auf den angestammten Platz zurücksetzen. Jedes Ding hat seinen Platz, war Beanstocks Motto. Der Butler versuchte Zeit zu gewinnen. Da fiel Inspector Greenwood ein, da war ja noch der Bericht.

„Die Kollegen aus Dover werden in den nächsten Tagen einen ausführlichen Bericht schicken. So viel ist klar. Dieser Victor Morosow, der hier das Artefakt stehlen wollte, ist abgetreten. Ein einzelner Schuss in die Schläfe aus kurzer Entfernung. Die Zeche im *Rosebud* Hotel haben die Herrschaften natürlich nicht beglichen.

Minerva Woodhouse ist verschwunden, wir nehmen an, sie hat die nächste Fähre nach Frankreich genommen. Sie ist die Tatverdächtige Nummer eins und wird zur Fahndung ausgeschrieben. Sie konnten mir ja eine sehr gute Beschreibung der Dame geben. Eigentlich müsste sie auffallen wie ein bunter Hund, so wie sie aussah. Die Kollegen in Frankreich sind bereits informiert, aber man konnte der Dame bis zu diesem Moment nicht habhaft werden."

Der Inspector meinte die wichtigsten Dinge gesagt zu haben und nahm seinen Teller zur Hand. Bevor er ein Stück vom Kuchen abbeißen konnte, meldete sich Beanstock.

„Darf ich fragen, welche Waffe benutzt wurde, Sir?"

Inspector Greenwood schloss bedauernd den Mund und stellte den Teller zurück auf den Tisch.

„Beanstock, Sie sollen sich doch nicht in die Polizeiangelegenheiten mischen. Ich danke Ihnen für Ihre Hilfe bei der Aufklärung dieser Mumiengeschichte und dass Sie diesen Walton gefunden haben, aber Sie wissen, was ich von dem Detektivspielen eines Laien halte."

„Er hat auch im letzten Jahr herausgefunden, wer mein Patenkind umgebracht hat und womit", fügte Lady Fedora hinzu.

„Dann hat er das Geheimnis des Skarabäus entdeckt und dass der Nil auf der Rückseite ist und er hat das Innenleben des Käfers gefunden", meinte Professor McGregor und steckte sich ein Himbeerbonbon in den Mund.

„Er und Gonzales haben meine Oma gerettet und ohne ihn wäre ich jetzt in einem Kinderwaisenhaus und müsste ekligen, vollkommen zuckerfreien Grießbrei essen und auf einem harten Brett ohne Decke schlafen, und ich hätte nur ein dünnes Kleidchen an und müsste auf der Straße Streichhölzer verkaufen", ertönte von der offenen Salontür ein Stimmchen. Luci kam von einem ausgedehnten Spaziergang mit ihrem Freund Junior zurück.

Beanstock räusperte sich hörbar.

Luci streckte den Rücken, als wolle sie Haltung annehmen, schickte Junior zu seinem Herrn und verschwand in Richtung der Küche.

„Entschuldigen Sie, My Lady, das Kind liest im Moment Oliver Twist und ist mit einer sehr reichen Fantasie begabt", sagte der Butler, wobei ihm schon wieder sein Kragen zu eng schien, so bewegte er seinen Hals hin und her.

„Aber das ist doch schön. Sie machen sich viel zu viele Gedanken. Sie ist ein sehr aufgewecktes Mädchen. Ich weiß nicht, wie es meinem Gatten geht, aber sie gehört für mich schon genauso zu unserem Haus wie Sie, mein guter Beanstock."

„Danke, My Lady." Beanstock verbeugte sich leicht vor ihr, und es sah fast so aus, als ob er rötliche Wangen bekommen hatte über so viel Lob.

Der Inspector verdrehte die Augen.

„Na gut, es war eine Smith & Wesson, ein Revolver mit kurzem Lauf, eine winzige Waffe."

„Ja, natürlich", unterbrach der Butler sinnierend, „ich dachte es mir. Ein sogenannter Ladysmith Revolver, sehr klein, sehr handlich und passt in jede gut sortierte Damenhandtasche. Die Dame Woodhouse klammerte sich in der Zeit hier im Haus über die Maßen an ihre Tasche, ich vermutete darin kein Manuskript oder Strickutensilien, sondern eigentlich eine Flasche Gin aus unserem Weinkeller, aber eine Waffe macht Sinn."

Inspector Greenwood hatte seinen Kuchen gegessen, erhob sich und verabschiedete sich von den Herrschaften.

Beanstock holte den Mantel des Inspectors aus der Halle, half ihm hinein, entfernte einen Krümel vom Revers und begleitete ihn zur Tür.

„Damit ist für uns hier in Parsley Field die Sache beendet. Ich lege den Fall zu den Akten. Scotland Yard wird sich mit den französischen Behörden befassen müssen. Na, viel Spaß und Bon Chance, sag ich da nur. Der usbekische Hüne ist bereits nach London unterwegs, hat bis jetzt nicht einen Ton von sich gegeben, wird er auch nicht. Wir können ihm den Mord an diesem James Walton nachweisen, dafür wird er sich verantworten müssen. Sie können sich wieder Ihren Butleraufgaben voll und ganz widmen. Ich rate Ihnen dazu, Mr Beanstock." Er hatte den Namen des Butlers mehr als ausgiebig betont. Beanstock bemerkte es erneut.

„Haben Sie noch keinen weiteren Hinweis zur Identität des Usbeken erhalten?", fragte der Butler.

„Nichts zu machen. Wir haben eine Anfrage an die Polizei in Kairo gerichtet. Daher stammt sein falscher Pass. Aber nach meinen Erfahrungen kann das sehr, sehr lange dauern, bis von dort eine Antwort kommt. Durch Ihre Information, Mr Beanstock, wussten wir, wo die beiden Herren abgestiegen waren. Die Durchsuchung der Suite im *Rosebud* hat ebenfalls nicht viel ergeben, nur Bekleidung, keinerlei Dokumente. Die Aktentasche von Morosow war leer, bis auf ein Bündel Geldscheine. Wahrscheinlich nur zur Tarnung gedacht. Mr Beanstock, ich hoffe, wir sehen uns nicht so schnell wieder. Das ist nicht böse gemeint, ich meine es durchaus gut mit Ihnen."

Der Inspector setzte seinen Hut auf, stieg in das wartende Polizeiauto und fuhr mit seinem Constable davon.

Als Beanstock zurück in den Salon kam, waren die Anwesenden in eine hitzige Diskussion verstrickt.

„Darling, du willst mir nicht wirklich erzählen, dass du zurück nach Ägypten reisen willst?", schimpfte in diesem Moment Lady Fedora und lehnte sich nach vorn zu ihrem Gatten. „Schatzsuche hin und Mumie her, das ist nicht dein Ernst. Du hast den Konsul gehört, es wäre nicht ratsam im Moment."

Der Professor ergriff das Wort.

„Liebe Fedora, wir alten Herren wollen einfach nicht danebenstehen und die Lorbeeren den Jungen überlassen. Bitte verstehe uns doch. Ich habe mein Leben lang nach dem einen außergewöhnlichen Fund gesucht, und nun ist er in greifbarer Nähe. Wir könnten Geschichte schreiben."

Er sah My Lady mit weit aufgerissenen fragenden Augen an. Beanstock erinnerte das an die Augen des Hundes, wenn er um ein Stück vom Braten bettelte.

„Und von dem Britischen Museum haben wir bereits grünes Licht. Der neue Kurator der ägyptischen Abteilung hat im Moment so viele andere Aufgaben. Er hörte sich am Telefon ziemlich verschnupft an, als er mir mitteilte, dass das Museum mir den Auftrag erteilt, den Skarabäus nach Ägypten zu überführen und nach dem Grab zu suchen, das auf dem Käfer verzeichnet ist."

Resignierend warf sich Lady Fedora zurück in ihren Sessel.

„Beanstock fährt mit. Ich würde sogar sagen, auch Gonzales sollte mitfahren, er ist in praktischen Dingen so bewandert. Nichts für ungut, mein guter Beanstock. Ich werde mit Mrs Argyle und dem Rest der Dienstboten gut zurechtkommen."

„My Lady können sich voll und ganz auf mich verlassen. Ich werde die Herren gesund zurückbringen. Ich denke nicht, dass es vonnöten sein wird, Gonzales mitzunehmen. Sie benötigen hier einen Chauffeur für die anfallenden Besorgungen. My Lady wollte in der nächsten Woche nach London zu Ihrem Verlag fahren, wenn ich daran erinnern dürfte."

„Kommt nicht in Frage. Der Verlag wird warten können, die Besorgungen lassen wir liefern, und wenn ich einen Wagen benötige, werde ich Lady Marjorie um ihre Hilfe bitten. Sie wird sich freuen. Schluss mit der Diskussion, so wird es gemacht."

Sie faltete wie zum stillen Gebet die Hände und schickte wohl auch die Bitte gen Himmel, auf diese Altherrenriege aufzupassen.

Sir Percival rieb sich in froher Erwartung die Hände.

„Ian, gehen wir in die Bibliothek und planen die Reise. Dann kann Beanstock auch gleich die nötigen Anrufe tätigen für unsere Überfahrt und die Fahrt auf dem Nil. Kommen Sie, Beanstock, an die Arbeit!"

Die beiden Herren waren nicht mehr zu bremsen und gingen mit langen Schritten, aufgeregt plappernd wie zwei Schulmädchen, aus dem Salon.

Lady Fedora verdrehte genervt die Augen und warf ihrem Butler einen hilflosen Blick zu.

„Bitte sorgen Sie sich nicht, My Lady, es wird sich alles zum Guten wenden. Ich werde sehr aufmerksam sein. Ich würde mir nur wünschen, dass Sie noch einmal über Gonzales nachdenken. Ich würde ihn lieber hier im Haus wissen."

„Die Sache ist entschieden. Ich mache mir vor allem Sorgen, dass diese Frau dort lauert. Der Inspector meinte doch, sie wäre wahrscheinlich nach Frankreich verschwunden. Wenn sie nun für diesen Bosh arbeitet und nur darauf wartet, dass der Skarabäus nach Ägypten kommt? Wenn sie nun mit diesem Verbrecher etwas plant? Das sind meine Sorgen."

Der Butler stellte das Tablett, das er in die Küche bringen wollte, zurück auf den Salontisch und wandte sich zu Lady Fedora um.

„My Lady, ich denke ebenso wie Sie, dass wir es mit einer Bande zu tun haben, und es ist natürlich nicht auszuschließen, dass wir erneut auf sie treffen. Aber ich werde vorbereitet sein. Ich bin sicher, dass wir vor Ort in Ägypten Hilfe von der Gesellschaft zum Schutz der Altertümer erhalten werden. Ich weiß, wir werden nicht allein sein und das sollte Sie beruhigen."

Lady Fedora lächelte ihrem Butler zu und nickte.

„Ich weiß, ich kann mich auf Sie verlassen. Und nun gehen Sie in die Bibliothek und lenken Sie die hochtrabenden Pläne unserer beiden Schatzgräber in normale Bahnen. Ach, und noch eines, Sie können unmöglich mit Ihren schwarzen Anzügen in dieses heiße Land reisen. Haben Sie daran gedacht?"

Beanstock lächelte leicht.

„Ich hatte mir bereits vor Ihrer ersten Reise nach Ägypten erlaubt, leichtere Garderobe zu ordern, die ich dann leider nicht brauchte, da ich nach London gerufen wurde. Sie erinnern sich. Ich bin also versorgt. Ich werde Gonzales dahingehend befragen, mit Ihrer Erlaubnis. Wahrscheinlich ist es auch zeitlich schneller zu bewältigen, wenn wir einen der neuen Linienflüge von London aus nehmen."

„In einem Flugzeug?" Lady Fedoras Stimme bekam einen schrillen Klang. Sie wurde blass.

„Damit können wir viel Zeit sparen und es ist eine sichere Reiseart, My Lady."

Lady Fedora nickte ihrem hochgeschätzten Butler zu, nahm ihre Teetasse zur Hand und seufzte tief und ausgiebig.

In der Bibliothek wurden in der Zwischenzeit bereits Karten zu Rate gezogen, Reiseführer gewälzt und der Professor hielt einen langen Vortrag über die Minen im Wadi Hammamat, die sie besuchen würden.

Beanstock nahm sein schwarzes Notizbuch, in dem auch für alle nötigen Fälle die Telefonnummern von Reisebüros, Flughäfen, Autovermietungen, Hotels und Schifffahrtsgesellschaften vermerkt waren. Im hinteren Teil des Büchleins gab es einen Kalender, um das genaue Datum zu benennen. Er machte sich an die Arbeit, einen Reiseplan auszuarbeiten.

Nach einigen Diskussionen über die Überempfindlichkeit seines Magens, gab der Professor nach und Beanstock buchte einen Flug vom Flughafen Southend-on-Sea nach Kairo.

Von Kairo aus würde man ein Nilschiff nehmen, das die Reisenden bis zu einer kleineren Stadt kurz vor Luxor bringen würde. Von dort müssten sie, von der östlichen Nilseite aus, mit einem Geländewagen die sechzig Meilen bis zum Wadi Hammamat in ungefähr zwei bis drei Stunden bewältigen können. Wenn alles nach Plan verlief.

Beanstock wurde in diesem Moment klar, wie gut es sein würde, Gonzales als Chauffeur dabeizuhaben. Auch wenn er es ihm auf keinen Fall sagen könnte, das würde nur dessen Gefühl ins Unendliche verstärken, dass er, Gonzales, wieder einmal unentbehrlich wäre.

Die Altertumsbehörde wollte Vertreter schicken und die nötige Ausrüstung stellen, wie Zelte, Verpflegung und Werkzeuge. Mehrere bewaffnete Polizisten sollten für ihre Sicherheit sorgen.

In diesem Punkt war der Butler etwas skeptisch. Er berichtete den beiden Herren nicht von seinen Zweifeln in Bezug auf die ägyptischen Behörden, was das pünktliche Bereitstellen der Ausrüstung und bewaffneter Polizei anbetraf. Er war verantwortlich, also kontaktierte er seinerseits *Daisy Chain,* die geheime Organisation der Dienstboten Großbritanniens, die natürlich auch Leute im ehemaligen englischen Protektorat Ägypten hatte.

Mr Black, der Leiter der *Daisy Chain*-Organisation in London, war nur zu gern bereit und nannte ihm einen Namen und eine Referenz. Beanstock kontaktierte den Herrn, einen Chauffeur im Dienste eines englischen Tuchhändlers in Alexandria, der wiederum das Nötige veranlasste. Erst dann war Beanstock etwas beruhigter und sah der Reise gelassener entgegen.

In zwei Tagen würde man aufbrechen.

Es war Februar.

Beanstock hatte wieder einmal umfassende Instruktionen an Mrs Argyle weitergegeben, um einen reibungslosen Ablauf der täglichen Pflichten zu gewährleisten. Es kam ihm vor, als hätte er das gerade erst getan.

Es war knapp zwei Monate her, dass er aus London zurückgekommen war.

Dort hatte er sich um den Fall einer Freundin gekümmert.

172

Nanny Hortensia Peachwood hatte Selbstmord begangen, aber ihr alter Freund Beanstock konnte nach langen Ermittlungen den Verursacher einer ganzen Selbstmordserie im Dienstbotenmilieu dingfest machen. Er hatte die geheime Organisation *Daisy Chain* tatkräftig unterstützt und letztendlich sogar Mr Black gerettet.

Und nun musste er bereits erneut seine gewohnte Umgebung verlassen. In seinem Innersten gab es einen kleinen Wettstreit zwischen dem Butler, der am liebsten auf Parsley Manor seinen Pflichten nachkommen wollte, und dem Detektiv, der es kaum erwarten konnte, einen neuen Fall zur Lösung zu bringen.

Die Koffer waren gepackt, der Reiseproviant in mehr als ausreichendem Maße vorhanden und vor dem Haus hatte sich die Dienerschaft neben dem Bentley versammelt.

Im Salon verabschiedeten sich Sir Percival und Ian McGregor von der Hausherrin. Lady Fedora war die Anspannung ins Gesicht geschrieben. Sie machte sich Sorgen.

Zur Freude Sir Percivals, dem langsam die Argumente ausgegangen waren, kam am Abend vorher Lady Marjorie überraschend zu ihren Freunden und hatte sich angeboten, mitsamt ihres Geländewagens bei ihrer Freundin zu bleiben. Sie kannte ihre beste Freundin zu gut.

Also hatte sie kurz entschlossen ihren Koffer packen lassen und war mitsamt ihrer Zofe Mabel, dem von ihr heißgeliebten Jeep sowie ihrem Lieblingshund Monty auf Parsley Manor erschienen. My Lady war eine resolute Dame und hatte nicht nur ihrem Gatten Mortimer, der sich nicht mit ihrer Abwesenheit abfinden wollte, die Leviten gelesen, sondern auch Lady Fedora. Ihre Freundin wollte sie wieder nachhause schicken und meinte, so lange könne Lady Marjorie ihren Gatten doch nicht allein auf dem Schloss lassen.

„Ach was", hatte sie gesagt, „mein Morti wird dann viel besser wissen, was er an mir hat, wenn er sich mal mit den Dienstboten herumärgern muss. Davor drückt er sich dauernd. In letzter Zeit hatte er die glorreiche Idee zu behaupten, sein Gehör ließe nach. Na, da ist er bei mir richtig angekommen. Ich habe sofort Dr. Winterbottom bestellt und der bescheinigte ihm dann das Gehör eines jungen Uhus. Außerdem brauche ich auch mal etwas Zeit für mich und meine beste Freundin Fedora. Ich freue mich auf unsere gemeinsamen Gespräche. Und einen Wagen haben wir auch. Was wollen wir mehr?"

Diese Tatsache gefiel auch Beanstock ungemein. Der Bentley würde in Southend-on-Sea auf dem Gelände des Flughafens in einer bewachten Garage zurückbleiben.

Am frühen Vormittag machte sich die Expedition auf den Weg. Die beiden Hobbyarchäologen in Hochstimmung, der Butler überdachte die möglichen Komplikationen, der Chauffeur Gonzales mit einem Grinsen im Gesicht, das die Grinsekatze aus *Alice im Wunderland* in den Schatten stellte.

Beanstock blickte versonnen von seinen Notizen auf und dachte an den Abschied vor dem Haus zurück.

Lucinda hatte ihn heftig umarmt und Beanstock hatte Tränen in ihren Augen gesehen. Dieses Kind brachte ihn ganz schön aus der Fassung. Seit einiger Zeit ertappte er sich bei dem Wunsch, selbst irgendwann eine Familie und Kinder zu haben. Er wusste natürlich, dass es mit seiner Professionalität als Butler nicht vereinbar wäre. Aber wie schon Lady Fedora neulich bemerkte: „Das Kind gehört für mich bereits zur

174

Familie."

Beanstock erlaubte sich ein glückliches Lächeln, was dem Chauffeur wiederum eine tiefe Denkerfalte auf die Stirn zauberte. „Was ging nur in Señor Beanstock wieder vor?", fragte er sich nicht zum ersten Mal.

Reise ins Ungewisse

Die Fahrt nach Southend-on-Sea würde nicht lange dauern. Die beiden Herren auf dem Rücksitz hatten sich ausgiebig über die zu erwartenden Funde ausgelassen, aber je näher der Bentley dem Flughafen kam, umso ruhiger wurde es auf dem Rücksitz.

Gonzales sah ab und zu in den Rückspiegel. Vielleicht waren die beiden Abenteurer eingeschlafen. Aber dem war nicht so.

Sir Percival blätterte in seinem Reiseführer und der Professor hatte eine ungesunde rötliche Gesichtsfarbe angenommen, je näher man dem Flughafen kam. Nervös wischte er mit einem seiner karierten Taschentücher, die mehr die Dimension einer Tischdecke hatten, über sein schweißnasses Gesicht.

Es würde zwar nicht sein erster Flug sein, im vergangenen Krieg musste er bereits einmal von Paris nach London fliegen, aber das war mit der Air Force und es war ein Militärflugzeug, das seine besten Tage hinter sich gehabt hatte. Er hatte an diesen Flug keine guten Erinnerungen. Es war laut, kalt und ungemütlich und man musste auf Metallkisten sitzen. Es war furchtbar gewesen.

Gonzales steuerte den Bentley auf das Flughafengelände. An einer Schranke zeigte er dem Mitarbeiter die Papiere und nach einer kurzen Kontrolle konnte er den Wagen in einer Garage auf dem Gelände parken.

Das Gepäck wurde von einem Angestellten zum Flugzeug gebracht, während sich die Herren zur Kontrolle der Pässe und zum Einchecken in das niedrige Flughafengebäude begaben.

Beanstock servierte den Herren einen Tee aus dem Picknickkorb, den Mrs Porkpie in weiser Voraussicht gepackt hatte. Danach ging es dem Professor besser und er gähnte zufrieden.

Nach einer knappen Stunde wurde ihr Flug aufgerufen und sie begaben sich über den weitläufigen Platz zu ihrem Flugzeug.

Da stand sie, die Douglas DC-3, eine silbern glänzende Schönheit. Gonzales konnte sich nicht genug auslassen über die Tragflächen, den Motor und die Reichweite dieses Flugzeuges.

Am hinteren Passagiereingang erwartete sie bereits eine lächelnde blondgelockte Dame und brachte sie zu ihren Plätzen. Gonzales strich hocherfreut über seinen glänzenden Schnurrbart, während Beanstock sich räusperte.

Das Flugzeug war nicht voll besetzt. Nur noch acht weitere Passagiere fanden sich ein. Ein junges Ehepaar, vier Geschäftsleute und zwei Offiziere der Air Force mit Aktenkoffern, die an ihren Handgelenken fest verankert waren, und einem finsteren Gesichtsausdruck.

Als die Douglas ratternd beschleunigte, schnarchte Professor McGregor bereits selig lächelnd in seinem Sessel.

Sir Percival sah erstaunt zu seinem Butler, der ihm eine winzige Tablettenphiole zeigte. Auf dem Etikett sah man einen schlafenden Menschen und einen Aufkleber mit dem Namen Dr. Winterbottom, Parsley Field.

Sir Percival hielt anerkennend den Daumen nach oben, nicht überrascht über die Gabe seines Butlers,

177

vorausschauend zu handeln. Beanstock hatte sich von Dr. Winterbottom beraten lassen, nachdem er die Nervosität des Professors bemerkt hatte. Es handelte sich um ein Beruhigungsmittel durch das der Professor einschlafen würde. Der Tee in der Flughafenhalle war für die Gabe der perfekte Zeitpunkt gewesen.

Der alte Freund Sir Percivals verschlief nicht nur den Flug, sondern auch den servierten Tee, das niedliche Lächeln der Stewardess und die angebotenen Snacks.

Erst als der Kapitän durchsagte, man würde sich im Landeanflug auf den Flughafen Kairo befinden, streckte sich der Professor und gähnte ausgiebig.

„Sind wir denn bereits gestartet, mein lieber Perci?", fragte er und erzeugte mit diesem Satz ein glockenhelles Lachen aus dem Mund der hübschen Stewardess.

„Hast den besten Teil verschlafen, du bist mir ja der richtige Archäologe, mein guter Ian!", polterte Sir Percival und reichte dem überraschten Freund ein Glas Wasser.

Der Flughafen der ägyptischen Hauptstadt Kairo war nicht mehr als eine Ansammlung von niedrigen Gebäuden, die ihre besten Tage hinter sich hatten. Durch den Krieg und anschließenden Bürgerkrieg waren die Stadtväter noch nicht dazu gekommen, etwas anderes zu planen. Aber wenn man wieder mehr ausländische Besucher empfangen wollte, müsste man schnellstens daran etwas ändern.

Nachdem das Gepäck ausgeladen war, die Formalitäten mit den Einreisebestimmungen erledigt und die Pässe zurückgegeben waren, sahen sich Beanstock und Gonzales vor dem Gebäude nach den bestellten Wagen um.

Ein Herr in einer überaus sauberen Chauffeuruniform trat

an die beiden heran und nahm seine Mütze ab.

„Mr Beanstock? Gehe ich recht in der Annahme? Mein Name ist Gordon, Gordon Brewster."

Beanstock nickte dem jungen Mann zu.

„*Daisy Chain,* Mr Brewster."

„*Daisy Chain,* Mr Beanstock."

„Bitte sagen Sie Gordon. Ihre Wagen stehen bereit, ich werde Sie bis zum Schiff begleiten. Sie werden alles zu ihrer Zufriedenheit vorfinden. Ich habe mir erlaubt, neben den Versorgungsgütern und den Zelten zwei vertrauenswürdige Männer für Ihre Sicherheit zu engagieren. Sie sind bereits auf dem Schiff und erwarten die Herrschaften. Leider muss ich anmerken, dass die ägyptischen Behörden nicht sehr kooperativ waren. Deshalb habe ich mich um alles persönlich gekümmert. Auf dem Schiff wird ein Vertreter der ägyptischen Altertumsbehörde mitreisen. Ein Mr Ahmed Wahiri ist als Beobachter bestellt."

Beanstock bedankte sich bei Gordon und die Herren bestiegen die wartenden Wagen.

In Gedanken beglückwünschte sich der Butler, dass er Mr Black kontaktiert hatte. Er war überaus zufrieden mit dem Arrangement.

Die geheime Verbindung der Dienstboten *Daisy Chain* gab es bereits seit dem vorigen Jahrhundert. Gewählte Vertreter, die in London immer unter dem Namen Mr Black agierten, kümmerten sich um die Belange von Dienstboten, die in Schwierigkeiten kamen. Im Büro der Verbindung, im alten *Langham* Hotel, stapelten sich Akten mit Berichten über Vorkommnisse in herrschaftlichen Haushalten. So sollte den Angestellten ein Mindestmaß an Sicherheit und Hilfe zuteil werden.

Die etwa zwanzig Meilen zum Schiff dauerten fast länger als der Flug nach Kairo. Gonzales bewunderte die Fähigkeiten ihrer Fahrer. Einige Straßen waren gesperrt, weil durch die vergangenen Brände Steine auf den Wegen lagen, die noch nicht fortgeräumt worden waren. Einmal mussten sie einer Schafherde ausweichen, die wie festgekittet in einer engen Straße steckte. Der arme Besitzer zeterte mit einer Horde Kinder herum, die sich einen Spaß daraus machten, die Tiere mit Steinchen zu bewerfen und so die armen Tiere ärgerten.

Also musste man umkehren und einen anderen Weg nehmen. Mr Gordon Brewster blieb von diesen Dingen vollkommen unbeeindruckt. Mit einer gleichmütigen Miene nahm er alle Widrigkeiten in diesem Land auf sich.

„Kismet", murmelte er.

Endlich erreichten sie den Pier des Hafens.

Ein unglaubliches Durcheinander; ein Gewusel von Karren, Trägern mit Koffern, Händlern mit Speisen und Getränken, deren außerordentliche Qualität sie mit lauter Stimme anpriesen, sowie Soldaten, die sich im Schatten eines uralten Feigenbaumes niedergelassen hatten.

„Fantastisch!", staunte der Professor. „Was für eine ungeordnete Ordnung. Niemand rempelt den anderen an, wie ein gut einstudiertes Ballett."

Beanstock staunte über etwas ganz anderes. Er stand verwirrt vor dem wartenden Nilschiff und konnte es nicht fassen.

„Das ist die *Karnak*", murmelte er vor sich hin.

Sir Percival betrachte verwirrt seinen Butler.

„Stimmt", sagte Sir Percival, „so steht es am Schiffsrumpf geschrieben. Warum? Was ist denn damit? Sind wir am falschen Schiffsanlegeplatz?"

„Das ist die *Karnak*", hauchte der Butler erneut. „Auf diesem Schiff fuhr Monsieur Poirot in dem Roman von Mrs Christie auf dem Nil."

Sir Percival sah das Schiff an und dann seinen Butler und konnte dessen Aufregung nicht nachvollziehen.

Beanstock sah in seine Unterlagen, aber dort hatte er als gebuchtes Nilschiff die *Lotus* notiert. Aber die *Lotus* war nirgends zu sehen. Hatten sie das Schiff etwa verpasst? Beanstock nahm seine Taschenuhr zur Hand. Es war noch Zeit bis zur Abfahrt. Er hatte versucht, den Zeitplan so zu organisieren, dass Schwierigkeiten mit eingeplant waren.

Aber wo war ihr Schiff?

„Gordon, wo ist die *Lotus*?", richtete er seine Frage an den Chauffeur.

„Ich habe mir erlaubt, ohne Rückfrage umzubuchen auf die *Karnak*. Sie hatten wahrscheinlich nicht bedacht, dass man mit einem kleineren Schiff viel besser vorankommen würde, und außerdem, falls gewünscht, könnten die Herrschaften noch bis über den Assuan-Staudamm hinausfahren, dafür sind die anderen Schiffe zu groß. Ich hoffe in Ihrem Interesse gehandelt zu haben."

„Durchaus, durchaus", beeilte sich Beanstock zu versichern. „Wir werden zwar den Assuan-Staudamm nicht erreichen, da wir vor Luxor bereits das Schiff verlassen, aber Sie haben sehr vorausschauend gehandelt. Danke, Gordon. Bitte stellen Sie uns jetzt die Herren von dem Sicherheitspersonal vor."

Ein überaus elegant gekleideter Herr in einem hellen luftigen Anzug begrüßte Sir Percival und den Professor und stellte sich als Vertreter der Altertumsbehörde vor.

„Ahmed Wahiri, ich werde Sie im Auftrag des ägyptischen Museums begleiten", sagte der Mann, ohne dass sich seine Miene irgendwie bewegte. Er schien nicht sehr erfreut zu sein über seine Aufgabe. Dann griff er zu einem Korbkoffer und ging auf der Gangway hinauf zum Schiff.

Zwei Männer näherten sich und Gordon stellte der Reisegruppe die Sicherheitsleute vor. Der Kleinere der beiden Männer hatte kurzgeschorene Haare und einen kleinen rötlichen Schnurrbart. Sein unverkennbar schottischer Akzent und seine lebhaften, scheinbar ständig lächelnden Augen gefielen Beanstock. Der andere Herr, groß und mager, mit so langen Haaren, dass er sie zu einem Zopf gewunden trug, schien ziemlich in sich gekehrt zu sein.

Das Reden übernahm sein Kamerad.

„Will McMasters mein Name, und hier haben wir Palmer, mein maulfauler Partner hat nur diesen Namen. Er redet nicht sehr viel. Nennen Sie mich Will, wenn Sie mögen. Wir werden gut auf Sie aufpassen", sagte Will und zwinkerte den Herren kumpelhaft zu.

Palmer verzog keine Miene, zog stattdessen aus seinem Ledergürtel eine lange Machete und ließ sie in seiner Hand auf und ab schwingen. Damit war alles gesagt. Die beiden griffen zu zwei riesigen Rucksäcken, die neben ihnen auf dem Boden gestanden hatten, und liefen in Richtung Schiff.

Der Chefsteward, ein hibbeliger, freundlicher Herr in einem blendend weißen Anzug, näherte sich der Reisegruppe. Er neigte lächelnd den Kopf, begrüßte die Herrschaften mit einer Verbeugung und wies Träger an, sich um das Gepäck zu kümmern.

Beanstock verabschiedete sich von Gordon und beglückwünschte ihn nochmals zu seiner guten Arbeit.

Gordon versprach auf der Rückreise bei Bedarf zur Stelle zu sein.

Endlich ging es an Bord der *Karnak*. Beanstock konnte es kaum noch erwarten.

Man wies ihnen die Kabinen zu, Beanstock und Gonzales teilten sich einen Raum gleich neben den beiden Sicherheitsleuten. Sir Percival und Professor McGregor wurden weiter vorn auf dem Promenadendeck untergebracht. Im Deck unter ihnen waren ein Rauchsalon und eine kleine Bar sowie das Restaurant, mit runden Tischen und gemütlichen Stühlen, untergebracht. Alles verströmte gediegene Atmosphäre und eifrige Kellner waren bereits mit silbernen Tabletts voller bunter Getränke auf dem Weg zu den Kabinen.

Nicht lange danach, nachdem Beanstock sich um die Belange seiner beiden Herren gekümmert hatte, stand er mit Gonzales an der Reling und sah den verschwindenden Lichtern Kairos nach.

Es war Abend geworden in der riesigen Stadt am Nil. Der Geruch von Garküchen und allen fantastischen Gewürzen des Orients waberte über den Fluss zu ihnen herüber. Weit entfernt konnte man den betörenden Rhythmus einer Darbuka und einer Riq erahnen, deren Schellenkranz durch die Nacht klirrte.

Das Schiff fuhr langsam zur Mitte des Flusses und nahm schnell Fahrt auf.

Der träge dahinfließende Nil schien wie immer seinem Lauf zu folgen, wie schon Jahrhunderte zuvor. Was würde auf sie zukommen? Wo war Minerva Woodhouse?

Und wann würden sie Parsley Manor wiedersehen?

Beanstock war tief in Gedanken, als Gonzales ihn etwas fragte.

„Wie war Ihre Frage Gonzales?"

„Sind wir bald da, Mr Beanstock?"

Der Butler lächelte und dachte an Luci.

Nachdem die beiden Herren ihr Abendessen eingenommen hatten, begaben sie sich sofort in ihre Kabinen. Es war ein anstrengender Tag gewesen.

Beanstock hatte die Kabinen vorbereitet, die Badezimmer inspiziert, die Betten gerade gezogen und den zuständigen Stewart nach zwei Karaffen Wasser für die Nacht fortgeschickt. Der junge Mann verdrehte die Augen und bekam sofort einen Verweis von seinem Vorgesetzten, dem Chefsteward, der es natürlich gesehen hatte. Mit einer ungeduldigen Handbewegung und ernstem Gesichtsausdruck scheuchte er den jungen Stewart an seine Arbeit.

Nachdem der Butler seine beiden Herren wohlversorgt wusste, traf er im Speisesaal auf Gonzales und die beiden nahmen ein leichtes Abendessen zusammen ein. Will und Palmer ließen sich nicht blicken, sie wollten in ihren Kabinen essen, nicht mit den feinen Pinkeln, wie es Will lachend ausgedrückt hatte.

Beanstock hatte sich vor dem Ablegen des Schiffes in die Gästeliste vertieft.

Sein ungutes Gefühl in der Magengegend beruhigte sich nicht. Er war sich sicher, dass sie schon bald von diesem ominösen Bosh oder Minerva Woodhouse hören würden. Aber die Passagiere hier an Bord erschienen ihm unbedenklich.

Es waren nicht sehr viele Reisende auf dem Schiff.

Die Zeiten waren zu unruhig, um große Reisen zu planen.

Da waren drei Geschäftsleute, sehr elegant und sehr schweigsam, die Arabisch miteinander sprachen.

Dann war ein älterer französischer Herr mit seiner Gattin an Bord, die Luxor besuchen wollten. Mit ihnen reiste eine jüngere Dame, wahrscheinlich, dem Namen nach zu schließen, ihre Tochter. Beanstock schätzte die junge Frau auf vierzig Jahre, sie war sehr in sich gekehrt, lief die gesamte Zeit mit einem Sonnenschirm herum und hatte eine sehr starke Brille, hinter deren Gläsern ihre Augen wie kleine graue Motten hin und her flogen.

Außer dem Personal und der Schiffscrew waren das die einzigen Personen. Beanstock konnte keine Verdachtspunkte sehen und beruhigte sich langsam.

Einzig Mr Wahiri gab ihm Rätsel auf, aber das konnte auch bedeuten, dass der Herr einfach nur zurückhaltend war und sich mit niemandem anfreunden wollte. Er war, nachdem das Schiff abgelegt hatte, in seiner Kabine geblieben und Beanstock hatte einen Kellner mit einem Tablett gesehen, der ihm etwas servierte.

Sie würden mindestens acht Tage brauchen, bis das Schiff in die Nähe von Luxor kam.

Dazwischen gab es mehrere längere Haltepunkte, damit sich die Reisenden Sehenswürdigkeiten ansehen könnten. Es wurden mehrere Ausflüge angeboten. Aber nur in Minia ging eine kleinere Gruppe von Bord und sah sich die altägyptischen Felsengräber in Beni Hassan an. Sir Percival und der Professor blieben an Bord und unterhielten sich mit Ahmed Wahiri über die möglichen Funde.

Der Vertreter der Altertumsbehörde hatte bereits am

zweiten Tag verlangt, dass man ihm den Skarabäus aushändigen solle. Das hatte zu einer heftigen Diskussion geführt. Schließlich gab Mr Wahiri aber zähneknirschend nach und der Skarabäus sollte bis zum Ende der Expedition in den Händen Professor McGregors bleiben.

Will und Palmer, die beiden Sicherheitsleute, vertrieben sich die Zeit mit Leibesübungen und Kartenspielen. Dafür hatten sie sich das Oberdeck als Übungs- und Spielplatz auserkoren. Dort war in der gesamten Breite eine Sonnenmarkise gespannt.

Am Abend war dies der bevorzugte Platz der Reisenden, da es dann kühler wurde. Man saß bequem in den weißen Korbsesseln, die Stewarts servierten Drinks und man sah den Segelbooten zu, die in großer Menge auf dem Nil unterwegs waren.

Mit großen Augen beobachtete die Tochter des französischen Ehepaars die beiden Sicherheitsleute. Sie fand diese beiden Muskelmänner sehr interessant und wurde von ihrer Mutter zur Ordnung gerufen.

„Lisette, comporte-toi comme une dame!" Das Ganze wurde noch mit einer hochgezogenen Augenbraue unterstrichen. Das nicht mehr ganz junge Mädchen Lisette schaute kurz zu Boden, um danach erneut zu den beiden Herren zu schielen. Will zwinkerte ihr zu und zauberte damit eine tiefe Röte auf das Gesicht Lisettes.

Beanstock ließ es sich nicht nehmen, seinen beiden Schutzbefohlenen einen guten Whisky aus dem Vorrat Sir Percivals persönlich zu kredenzen. Den Hinweis, er solle sich aufgrund der besonderen Umstände mit einem Glas zu ihnen setzen, ignorierte der Butler geflissentlich. Das war nicht angemessen. Die Form musste gewahrt werden.

Nachdem er an diesem Abend, wie an allen folgenden, die Zimmer der Herrn inspiziert hatte, stand er vor dem Schlafengehen noch an der Reling und sah den trägen Wassern des Nil zu.

Zu allen Zeiten war dieser Fluss die Lebensgrundlage für Ägypten. Der Fluss war nicht nur der längste der Erde, sondern auch überaus wichtig für die Bewohner an seinen Ufern. In jedem Jahr brachte der Nilschlamm neues Leben auf die umliegenden Felder, in die Palmenhaine, fruchtbaren Plantagen und auf die Weiden der Tiere. Bewegte man sich nur wenige Meilen weg von seinen Ufern, war da nur noch trockene felsige Wüste.

Das hatten die Pharaonen gewusst. Deshalb lagen alle großen Städte und Tempel in der Nähe dieses Flusses. Und auch heute noch zog sich wie ein Perlenband Siedlung um Siedlung und Dorf um Dorf entlang des Nil.

Jeder neue Tag begann mit den unbarmherzigen Strahlen der Sonne. Die gleißende Himmelskugel wurde nicht umsonst von den alten Ägyptern als göttlich verehrt.

Am achten Tag kamen endlich die Flusswindungen in Sicht, die Beanstock auf dem Skarabäus entdeckt hatte.

In einem kaum als Dorf zu bezeichnenden Flecken wollten sie von Bord gehen. Luxor lag noch ein paar Stunden entfernt.

Wenn Beanstock alles richtig gemacht hatte, sollten dort Jeeps für die Weiterfahrt bereitstehen. Ein flaues Gefühl machte sich schon wieder bequem in seinem Magen.

An der Anlegestelle wurde die Schiffstreppe herabgelassen

und Beanstock ging als einer der Ersten von Bord, um sich um das Verladen der Koffer und Pakete zu kümmern. Gonzales begleitete ihn.

Die Wagen standen bereit. Mehrere Soldaten standen neben den Fahrzeugen und erwarteten sie. Beanstock holte tief und ausgiebig Luft. Erleichtert unterschrieb der Butler die Papiere, der Offizier nickte kurz, legte seine Hand an die Mütze und kommandierte seine Soldaten zum Abmarsch in Richtung Luxor.

Gonzales hatte die Unsicherheit des Butlers wohl bemerkt.

„Señor Beanstock, wenn die Wagen nicht da gewesen wären, könnten Sie sich darauf verlassen, dass ich einen Ausweg gefunden hätte. Ich war nicht umsonst für den Fuhrpark während des Krieges in Nordafrika zuständig. Fragen Sie Sir Percival. Ich kann alles organisieren, was mit Autos zusammenhängt", sagte Gonzales und wollte dem Butler auf die Schulter klopfen. Der Blick Beanstocks brachte ihn zur Raison und er nahm seine Hand schnell wieder zurück.

Palmer brachte Gepäck und einige Kisten in den hinteren Jeep. Mr Wahiri, nicht besonders zufrieden mit dieser Aufteilung, würde dort mitfahren, während im ersten Jeep Gonzales am Steuer saß und die beiden Herren und Beanstock dazukamen.

Der dritte Jeep wurde von Will gesteuert. Dort waren Zelte und Werkzeuge verstaut sowie mehrere Benzinkanister.

Als endlich, unter den Blicken der neugierigen Dorfbevölkerung, alles zur Zufriedenheit des Butlers arrangiert war, hatte das Nilschiff bereits seinen Weg nach Luxor fortgesetzt. Lisette stand winkend an der Reling und sah ihnen bedauernd nach. Für sie würde der Rest der Reise langweiliger werden.

Gonzales und Palmer sahen sich die Motoren, den Inhalt des Tanks und die Menge der Benzinkanister an und waren zufrieden. Das sollte ausreichend sein für die Fahrt zum Wadi und zurück. Palmer hielt wie immer schweigend einfach nur den Daumen nach oben.

Er war wirklich ein sehr schweigsamer Mann. Will füllte die stille Art seines Partners dafür doppelt aus. Er war ein sehr redseliger Mensch.

Die Motoren heulten auf. Die Wagen machten sich auf den Weg. Professor McGregor rieb sich hocherfreut die Hände. Er konnte es nicht erwarten.

In den letzten Tagen hatte er, mithilfe Ahmed Wahiris, die Karte des Skarabäus auf eine neuere Karte übertragen, um den Ort des Grabes etwas einzugrenzen.

„Haben Sie die Inschrift gesehen, Professor? Diese Kartusche ist seltsam und der Name Teremun ist auch seltsam in diesem Zusammenhang. Haben Sie schon darüber nachgedacht?"

„Ich kann mir nicht wirklich einen Reim darauf machen. Warten wir ab, was wir vorfinden, vielleicht können wir dieses Rätsel dann lösen", erklärte der Professor.

Dann deutete er auf einen Text auf der Rückseite der Lederkarte, die Beanstock zur Sicherheit des alten Schriftstücks sorgfältig in einer durchsichtigen Folie verstaut hatte.

„Sehen Sie diesen Teil des Textes hier? Ich konnte es übersetzen. Dort steht geschrieben: ‚Du sollst die Ruhe des Pharao nicht stören', also die üblichen Drohungen, ‚wenn du es doch tust dann wird dich der Fluch usw. treffen'. Kennen wir. Aber hier, auf der linken Seite, da steht etwas zum Grab selbst. ‚Nur der, dem Aton seine Aufmerksamkeit schenkt, wird die

Ruhestätte meines Pharao finden.'

Was meinen Sie, Mr Wahiri? Was kann damit gemeint sein?"

Der Ägypter sah sich den Text genau an.

„Wenn wir an dem genauen Ort sind, vielleicht erkennen wir dann, was gemeint ist. Aton war der Sonnengott. Hat es vielleicht mit der Sonne zu tun? Eine Inschrift dürfte es nicht sein, denn dann hätte es jeder entdecken können. Sehr rätselhaft."

Nun hatte auch ihn scheinbar das Jagdfieber ergriffen.

Das Wadi Hammamat

Die Straßen waren nicht viel mehr als eine Ansammlung von Geröll und Sand mit einer Spur in der Mitte. Wüste, wohin das Auge sah. Nach zwei Stunden fuhren sie durch felsigeres Gelände.

Links und rechts erhoben sich dunkle Felsen mit lockerem Geröll neben dicken schwarzen Quadern.

Vor Jahrhunderten waren dies die Minen, wo die Pharaonen den grauen Bechen-Stein für ihre Monumentalfiguren abbauen ließen.

Viele hunderte Arbeiter aus allen Teilen Ägyptens waren hier vor tausenden Jahren beschäftigt, Sarkophage dem harten Stein zu entlocken oder riesige Quader für die immer höher in den Himmel wachsenden Statuen der Pharaonen und ihre überzogenen Ansprüche herauszubrechen. Niemand konnte heute noch nachvollziehen, wie es diesen einfachen Menschen ergangen war.

Taten sie es mit Freude für ihren gottgleichen König? Wurden sie dazu gezwungen? War es ihr Schicksal und war ihnen schon im Säuglingsalter bestimmt, dem König auf immer dienen zu müssen?

Die Archäologen interessierten sich vor allem für das Grab eines Königs mit seinen Schätzen und die Paläste im Wüstensand. Die Übersetzung der glorreichen Taten des königlichen Kriegsherrn waren interessanter und brachten mehr Ruhm ein, als einfache Tontafeln zu lesen über den täglichen Kampf um das Brot der Heerscharen von Steinmetzen, Hieroglyphenmalern, Schreibern und deren Familien.

In diesem Tal kam man auf seltsame Gedanken, musste sich Beanstock eingestehen.

Inzwischen erhoben sich braune und sandfarbene Berge auf ihrem Weg. Hier hatte man schon viele Inschriften in der Vergangenheit entdeckt, berichtete Mr Wahiri während einer Pause im Schatten der Berge.

Er war der Überzeugung, dass der Skarabäus das wertvollste Artefakt bleiben würde. Er war von der Echtheit der Karte im Inneren des Käfers keinesfalls überzeugt. Wenn es denn doch ein Grab dort geben sollte, wäre es sicher vor Jahrzehnten bereits gefunden und geplündert worden.

Professor McGregor seufzte und nahm die Karte zur Hand. Gonzales sah ihm interessiert über die Schulter.

„Es wird bereits dunkel. Heute sollten wir hier übernachten und morgen in aller Frühe weiterfahren", verkündete Will und Palmer nickte dazu.

Also wurden die Zelte aufgebaut und Beanstock bereitete mit Gonzales Hilfe eine einfache Mahlzeit zu.

Nachts konnte es hier empfindlich kalt werden. Sie hatten glücklicherweise genug Decken mitgenommen.

Will teilte Nachtwachen ein, obwohl Mr Wahiri keine Veranlassung dafür sah und sich lautstark beschwerte.

Beanstock würde die zwei letzten Stunden übernehmen, dann könnte er bereits das Frühstück vorbereiten.

Die Zelte standen in einem Kreis um eine einfache Feuerstelle, an der es sich nun Palmer bequem machte für die erste Wache. Seine Machete lag in seiner Hand und er warf düstere Blicke in die Dunkelheit. Die schemenhaften Umrisse der hohen Berge ringsum wirkten in der Nacht bedrohlicher als am Tage.

Als der Morgen dämmerte, übernahm Beanstock seine Wache. Am Feuer saß Will. Mit einem seltsamen Blick beobachtete er die hoch aufragenden Felsmassive ringsum.

„Gibt es ein Problem, Mr McMasters?", fragte Beanstock und sah sich ebenfalls beunruhigt um.

„Will, Mr Beanstock, einfach nur Will", murmelte der Schotte und stand langsam auf. Er lud sein Gewehr mit einer schnellen Bewegung durch.

„Ich kann mir nicht helfen, ich fühle mich beobachtet. Vor einer halben Stunde gab es in der Nähe eine Gerölllawine. Die kommt nicht einfach so vom Himmel. Da hat sich irgendjemand in der Dunkelheit bewegt. Bleiben Sie hier, ich sehe mich in der Umgebung ein bisschen um."

Er machte sich auf den Weg.

Um sich abzulenken begann Beanstock das Frühstück vorzubereiten. Er schürte das Feuer, hängte den Wasserkessel darüber, schnitt Brot ab und füllte Teeblätter in eine Kanne. Ab und zu flog sein Blick zu der Stelle, wo Will McMasters verschwunden war. Es war kein Laut zu vernehmen. Nur der Schrei eines Milans durchbrach die Dämmerung und schreckte Beanstock aus seinen Gedanken.

Dann hörte er Schritte näher kommen.

Wenn es nun jemand anders war? Er wollte vorbereitet sein und griff zu dem alten Armeerevolver Sir Percivals, den er sich von ihm vor der Reise erbeten hatte.

Es war Will.

Beanstock sah ihn fragend an.

„Habe nichts sehen können. War vielleicht ein Tier, obwohl es hier keine größeren Tiere gibt, die eine Gerölllawine auslösen könnten, vielleicht eine Eidechse. Ich werde mich nicht wieder hinlegen und Palmer wecken. Wir müssen aufmerksam bleiben, je näher wir dem Ziel kommen."

Nachdem Palmer neben Will am Feuer saß, reichte Beanstock den beiden eine Tasse heißen duftenden Tee. Kaum hatte er eingegossen, lugten aus den Zelten weitere verschlafene Gesichter.

Gegen vier Uhr saßen schließlich alle Teilnehmer der Expedition am Feuer und ließen sich Brot und Tee schmecken. Inzwischen war es hell genug, um weiterfahren zu können. Die Zelte waren schnell abgebaut, die Kisten verstaut und es ging weiter zum Wadi Hammamat.

Man würde noch gut zwei Stunden bis zum errechneten Ausgangspunkt für die Suche nach dem Grab fahren müssen.

Im Laufe des Vormittags fuhren sie an verlassenen, zusammengefallenen Hütten vorbei. Nur noch Mauerreste ließen erahnen, dass hier einmal viele Menschen ihrer Arbeit für die Pharaonen nachgegangen und in den Steinbrüchen gearbeitet hatten.

Ab und zu tauchte an der Seite ein bereits aus dem Stein gemeißelter Sarkophag auf, der dann verworfen wurde oder nicht mehr gebraucht wurde. Die Spuren der Meißel waren an den Wänden allgegenwärtig.

Nach einer weiteren Kurve waren sie endlich am Ziel angekommen. Das riesige Felsmassiv, das sich vor ihren Augen erhob, schien kaum Platz für einen Eingang zu einem Grab gelassen zu haben. Die schwarzen Quader waren glatt und man sah keinerlei Öffnung oder Ähnliches. Das würde sehr schwierig werden.

Will und Palmer suchten nach einem passenden Platz für die Zelte, während Sir Percival, Professor McGregor und Mr

Wahiri sich etwas in der Gegend umsehen wollten. Will wies die drei Herren an, nicht außer Sichtweite zu gehen, solange sie allein waren.

Nach kurzer Zeit erschienen die beiden Sicherheitsleute wieder bei den Jeeps.

Sie hatten in einer engen Schlucht einen kleinen Wasserlauf entdeckt, der ihnen für das Lager passend erschien. Beanstock sah sich die Stelle an und gab den beiden recht. Man konnte die kleine Schlucht nur über einen Weg erreichen, die Wände ringsum waren zu steil und glatt und der winzige Wasserlauf war auch nicht zu verachten. Durch die sich nach oben verengenden Wände ringsum war die Temperatur angenehm kühl.

Das Lager war schnell aufgebaut. Nach einer kurzen Teepause beratschlagten sie über ihre weitere Vorgehensweise. Sie würden sich in mehrere Gruppen aufteilen und die Umgebung Stück für Stück nach Hinweisen absuchen. Darum gesellten sich zu dem Professor Sir Percival, Beanstock und Palmer. Gonzales, Mr Wahiri und Will bildeten die zweite Suchmannschaft.

Für diese Zeit müsste das Lager sich selbst überlassen bleiben, aber man würde sich nicht weit vom Ausgangspunkt entfernen, die Angaben auf dem Skarabäus waren eindeutig hier an dieser Stelle. Natürlich gab Professor McGregor zu bedenken, dass sich im Verlauf der Jahrhunderte einiges geändert haben könnte an der Topografie.

Beanstock ging voraus und blickte sich aufmerksam um. Sollte es Bosh aufgegeben haben? Beanstock glaubte das nicht. Vielleicht war man absichtlich zurückhaltend und sollte sie in Sicherheit wiegen, damit sie Fehler begingen oder unaufmerksam wurden. Man wartete auf den richtigen Augenblick. Also hatte er den Revolver wieder gut verwahrt in seinem Gürtel verstaut.

„Sagen Sie, Señor Beanstock, schwitzen Sie denn gar nicht?", fragte in diesem Moment Gonzales leise, zog seine Jacke aus und krempelte die Ärmel des hellen Hemdes nach oben.

„Warum sollte ich?", kam die Antwort.

„Nun, ich habe Sie auf dieser Reise nicht ein Mal ohne Krawatte und Jackett gesehen, zwar eine leichtere Variante, aber ein Anzug, genauso wie ihre dunklen aus Parsley Manor, nur heller."

„Die Form muss gewahrt werden, Gonzales, es kann nichts anderes geben. Und ein Butler schwitzt nicht, merken Sie sich das."

Professor McGregor konnte sich ein Kichern nicht verkneifen und bekam einen Rippenstoß von seinem Freund Percival dafür.

Sie hatten das kleine Tal verlassen und die beiden Gruppen hatten sich danach getrennt.

Beanstock betrachtete aufmerksam die glatten Wände reihum.

„Man muss sich in die Gedankenwelt der damaligen Zeit zurückdenken. Dieser Teremun, Professor, was wissen wir inzwischen genau über ihn?"

Sie blieben stehen und der Professor wischte sich mit seinem Tuch die Schweißtropfen vom Gesicht.

„Nun, dieser Bursche war ein enger Vertrauter des Echnaton, das glaube ich jedenfalls. Mr Wahiri ist davon nicht überzeugt. Teremuns Name bedeutet übersetzt: Sohn des Vaters, was eigenartig ist, da er scheinbar am Hofe des Pharao aufgewachsen zu sein scheint. Als er den Skarabäus versteckte, muss er sehr jung gewesen sein, das geht aus dem Text hervor, und er war ein überaus treuer Anhänger des Sonnengottes Aton. Die letzte Inschrift lautete: *Der dem Aton seine Aufmerksamkeit schenkt, wird die Ruhestätte meines Pharao finden*. Ich werde nicht recht schlau daraus."

Beanstocks Blick ging zu seiner Taschenuhr.

Es war bald Mittagszeit, die Sonne stand bereits hoch am Himmel.

„Damals hatte aber sicher niemand eine Uhr mein guter Beanstock", polterte Sir Percival amüsiert los. „Oder denken Sie an die nächste Mahlzeit? Ein bisschen könnte ich schon vertragen." Dabei klopfte sich Sir Percival auf seinen beginnenden Bauchansatz.

„Warten wir einen Moment, bis die Uhr zwölf zeigt. Beobachten Sie die umliegenden Felswände, meine Herren, ich meine besonders im oberen Bereich", bemerkte der Butler.

Die vier Männer stellten sich im Kreis auf und jeder nahm sich eine andere Wand vor.

Beanstock sah zu seiner Uhr. Es war genau zwölf. Die Sonne hatte ihren höchsten Stand erreicht im Wadi Hammamat.

Es war nur ein winziger Moment gewesen, aber Beanstock hatte es gesehen.

„Dort oben, sehen Sie." Er wies auf einen Felsen, etwa zwanzig Meter über ihren Köpfen. „Sehen Sie, die Sonnenscheibe!"

Die Männer schauten atemlos auf die Stelle.

„Ich sehe nichts. was ist denn da?", fragte Sir Percival.

„Es war nur ein kurzer Moment, die Sonne hat eine ganz bestimmte Stelle beschienen. Man konnte den Hauch einer Sonnenscheibe sehen, die in den Fels gehauen war, ganz zart und kaum sichtbar. Nur in diesem einen Moment, dann war es verschwunden. Aber ich habe noch etwas gesehen. Folgen Sie mir bitte", sagte Beanstock.

Teremun

„Aber da ist kein Weg, Beanstock", sagte der Professor zweifelnd.

„Vertrauen Sie mir, Professor, da ist ein Weg", sagte der Butler und machte den ersten Schritt. Er hatte sich die Linie, die die Sonne vor seinen erstaunten Augen an der Wand gezogen hatte, ganz genau eingeprägt.

„Wir sollten erst den anderen die Sache melden, oder?", fragte Sir Percival.

„Wir wissen noch gar nicht, ob es das Grab ist. Erst sehen wir nach", meinte der Professor mit fester Stimme und folgte dem Butler, immer eine Hand sichernd an der glatten Wand der Felsen.

Als Beanstock die ersten Schritte gemacht hatte, erkannte er plötzlich den Weg deutlicher. Es war ein schmaler Pfad, kaum zwanzig Zentimeter breit, der sich in Serpentinen nach oben schlängelte. Von unten und außerhalb der Mittagssonne waren es nur glatte, unbezwingbare Wände, die man sah.

Vorsichtig gingen die Männer nach oben, bis sie eine Art Vorsprung erreichten, an dem der Pfad endete.

Beanstock wies mit der Hand auf die glatte Felsplatte vor ihnen.

„Das ist tatsächlich eine runde Scheibe, man sieht sie kaum, aber an den Seiten sind zarte Strahlen eingehauen. Wir sind vielleicht wirklich am Ziel", hauchte Ian McGregor und seine Hand fuhr zitternd über die Oberfläche der Platte.

„Und wo ist nun der Eingang?", wollte Gonzales wissen.
„Hier ist nur eine riesige Steinplatte, das wird ewig dauern,

die wegzuschlagen." Der Chauffeur hatte plötzlich das unangenehme Gefühl, sein Leben in diesem staubigen Tal verbringen zu müssen.

„Sehen wir uns die Seiten der Platte genau an", meinte Beanstock und tastete vorsichtig über die Platte. Jede Unebenheit konnte ein Hinweis sein. Am Fuß der Platte lagen verkeilt seltsam geformte Steine.

„Sehen Sie das, meine Herren", Beanstock wies darauf, „diese Steine haben eine vollkommen andere Farbe als die Umgebung. Sie sind rot."

„Was passiert, wenn wir sie versuchen zu entfernen? Das könnte gefährlich werden", warnte Gonzales. Vor allem die Tatsache, dass man auf einem schmalen Vorsprung stand und nicht wegspringen konnte, beunruhigte ihn.

Aber der Professor hatte sich bereits gebückt und einen der Steine hervorgezogen. Es war zu spät.

Nach einer halben Stunde hatten sie alle Steine bis auf einen größeren in der Mitte entfernt.

In diesem Moment rief jemand nach ihnen.

Am Fuß des Massivs stand die Gruppe um Mr Wahiri und sah fragend hinauf. Der Professor winkte ihnen hinaufzukommen.

„Wir warten, bis sie hier sind, dann entfernen wir den letzten Stein, vielleicht kommen wir dann weiter", meinte er.

Mr Wahiri kam schweißgebadet oben an, warf seine Jacke in den Staub und strich liebevoll mit den Fingern über die Sonnenscheibe im Fels.

Beanstock und Gonzales zogen gemeinsam den letzten großen roten Stein aus der Wand, und was dann geschah, war unglaublich.

Die Wand erzitterte, eine Staubwolke hüllte die Männer ein und der Stein schien einige Millimeter nach vorn zu schwingen, ganz sacht nur. Gonzales und der Butler schoben an der riesigen Platte und sie bewegte sich tatsächlich zur Seite. Nun konnte man auch sehen, wie der Erbauer das gemacht hatte. Unter der Platte kamen in den Stein gehauene Rillen zum Vorschein. Die Platte rutschte darauf wie auf Schienen.

Dahinter öffnete sich ein etwa zwei Meter breiter und zwei Meter hoher dunkler Gang, der sich im Inneren verlor.

Beanstock nahm aus seiner Jackentasche eine Taschenlampe.

„Gut, dass Sie die dabeihaben, meine liegt im Lager. Wie immer sind Sie auf alles vorbereitet", sagte Sir Percival.

Beanstock leuchtete in die Dunkelheit. Staubkörnchen tanzten im Lichtkegel. Am Ende des Ganges erkannte man eine weitere schwarze glatte Platte, aber in der Mitte konnte man etwas erkennen, dass den Männern den Atem verschlug.

Tief eingelassen im Stein konnte man die Negativform eines großen Skarabäus sehen. Darüber waren zwei Kartuschen angebracht. Während Palmer und Will am Fuß des Berges Stellung beziehen wollten, ging der Rest der Gruppe weiter in den Gang hinein.

„Das ist ja unglaublich, Mr Wahiri, sehen Sie doch! Das ist die Kartusche des Pharao Echnaton, und daneben, ich glaube, ich sehe nicht richtig." Der Professor war so blass, wie sein Hemd geworden. „Diese andere Kartusche, das ist eindeutig. Es ist nicht nur der Name Teremun, sondern daneben die Hieroglyphe für eine weibliche Person. Teremun war ein Mädchen. Ich hoffe, wir erfahren im Inneren mehr, aber soweit ich es mir vorstellen könnte, ist dieses Mädchen im Haus des

Pharao Echnaton aufgewachsen, war vielleicht sein Liebling, oder sogar ein Kind, aber er wusste, sie würde keine Anerkennung finden, hat sie vielleicht als Jungen aufwachsen lassen, und sie hat dieses Grab für ihren Vater errichtet."

Mr Wahiri hob abwehrend die Hände.

„Das sind ganz schön wilde Spekulationen, Professor. Wenn dahinter wirklich ein nicht geplündertes Grab sein sollte, beginnt die Arbeit erst richtig. Warten wir ab." Er schien immer noch nicht überzeugt.

Professor McGregor reichte Beanstock den Goldkäfer und ermunterte ihn, das Stück einzusetzen. Gonzales machte lieber einen guten Schritt rückwärts.

Der Käfer passte perfekt, aber nichts geschah.

Nur vom Eingang her ertönte ein Lachen.

Überrascht drehten sie sich um.

„Ich glaube, Sie haben etwas, was mir gehört, Sir Percival. Es hat mich sehr viel Mühe und Geld gekostet, Ihnen zu folgen." Die Stimme wurde lauter. Sie kam näher.

Beanstock kannte diese Stimme genau. Er hatte sie bereits auf Parsley Manor gehört. Seine Hand ging langsam zu dem Armeerevolver in seinem Gürtel.

„Oh bitte, Beanstock, geht Ihre Loyalität so weit, dass

Sie sogar Ihr Leben geben für dieses blaublütige Pack? Lassen Sie die Waffe stecken, oder Ihr geliebter Hausherr stirbt zuerst.“

„Minerva Woodhouse“, hauchte Sir Percival.

„Oh nein, mein Bester, Bosh!“

Vor den erstaunten Augen der Herren stand nicht diese furchtbare Autorin mit dem schrillen Make-up, den bunten weiten Kaftans und den wirren Haaren. Kein Geruch nach zu viel genossenem Gin waberte in der Luft und kein verrücktes Kichern. Vor ihnen stand mit erhobenem Revolver eine schlanke große Frau.

Sie trug ihr tiefschwarzes Haar zu einem eleganten Bob geschnitten, auf ihrem braunen Gesicht lag nur ein Hauch von Make-up und der helle Hosenanzug betonte ihre schlanke Gestalt noch mehr.

Gonzales konnte sich ein Pfeifen nicht verkneifen und bekam dafür einen bösen Blick von Beanstock.

Er sorgte sich um die Unversehrtheit der Sicherheitsleute vor der Höhle. Wie hatte man sie überrumpeln können? Oder waren Will und Palmer Teil des Plans? Hatte Will an jenem Abend vielleicht nicht nach möglichen Feinden Ausschau gehalten, sondern sich mit Bosh in der Dunkelheit getroffen?

„Ich bitte nun höflichst um den Käfer. Geben Sie ihn mir, sofort!“, verlangte Bosh laut in die Stille der Höhle und fuchtelte fordernd mit der Hand. „Mr James Walton hatte nicht das Recht, mir seinen Fund vorzuenthalten. Er war ein Mitglied meiner Verbindung und hätte ihn mir übergeben müssen. Sein Kumpan Ahmed Abdel Kassem hat mir zum Glück davon berichtet. Sonst wäre dieser kleine Mistkäfer mir entkommen.

Aber es war ziemlich schwierig, ihn zurückzuholen, nicht wahr, Beanstock?

Immerzu hatten Sie Ihre Finger dazwischen. Sie haben mich wirklich geärgert. Aber wir werden das bald zum Ende bringen. Sehen wir uns das Grab mal genauer an, und wenn wir uns geholt haben, was uns zusteht, werden Sie alle dort ein neues Zuhause finden. Ist das ein tolles Angebot? Im Grab eines Pharao? Auf Ewigkeit bei seiner Mumie? Denn die werden wir Euch hierlassen, als Andenken."

Beanstock reichte ihr den Käfer. Aus dem Gang erschienen noch drei Leute von Bosh, unangenehme Männer mit Gewehren im Anschlag.

Palmer und Will erschienen nicht. Beanstock vermutete die beiden als Wachen vor der Tür. Wie hatte er sich so täuschen lassen können? Das würde er sich niemals vergeben.

Aber er hatte auch die Vermutung, dass es noch vollkommen anders kommen könnte. Vielleicht würde Teremun, dieses überaus schlaue Mädchen, ihnen letztendlich helfen.

Er gab Gonzales unauffällig ein Zeichen, sich mit den anderen drei Herren der Expedition in Richtung Eingang zurückzuziehen. Der Professor sah ihn zwar sehr böse dabei an, aber er vertraute ihm. So entfernten sich die Männer von der schwarzen Platte mit dem eingelassenen Skarabäus.

Bosh lächelte. „Sie brauchen gar nicht so weit gehen, Sie werden doch da reinkommen."

„Was bedeutet eigentlich Bosh, Mrs Woodhouse?", fragte nun der Butler, um die Dame abzulenken.

Zornig sah sie ihn an und ihre Hand schnellte zu einem Messer in ihrem Gürtel.

„Verärgern Sie mich lieber nicht noch mehr. Ich könnte

mir noch etwas Schöneres ausdenken für Sie. Bosh ist mein Name, das ist Usbekisch und bedeutet Kopf, das bin ich seit einer langen Zeit, der Kopf der Verbindung. Als Frau hat man es in der Szene nicht leicht, man muss sich etwas einfallen lassen. Ihnen wird die seltene Gunst zuteil, mein Gesicht zu sehen, das vermeide ich sonst lieber. Aber da es das Letzte ist, was Sie sehen werden, ist es wohl nebensächlich."

„Und Ihren usbekischen Freund haben Sie einfach so verraten und der Polizei überlassen? Sie wissen sicher, dass er für den Mord an Walton hängen wird."

Sie lachte erneut laut und die Wände ringsum verstärkten ihre Stimme unwirklich.

„Im Kampf fallen täglich Männer, Beanstock. Das ist in meiner Organisation nicht anders. Davron war entbehrlich. Man muss hart sein, wenn man etwas erreichen will. Ich will niemals wieder arm sein. Das hatte ich mit unserem Freund Walton gemeinsam. Er war ein Mann nach meinem Geschmack, aber zu raffgierig. Man hintergeht mich nicht. Und Davron weiß das. Er ist ja schließlich mein Bruder. Sie können in ihrem winzigen arroganten Leben überhaupt nicht ermessen, wie es ist, in Usbekistan geboren zu werden und in einem Waisenhaus aufzuwachsen."

Sie nahm den Skarabäus und hielt ihn mit gestrecktem Arm vor ihrem Gesicht. Sie fühlte sich endlich am Ziel.

„Wissen Sie, Sir Percival, Ihre kleine Frau hat mich wahnsinnig gelangweilt. Perci hier und Perci da. Mein Gott, wie eklig. Und dann diese endlosen Gespräche über ihre Bücher. Ich habe sie wirklich hassen gelernt. Sie können von Glück sagen, dass Ihre Lady noch am Leben ist. Ich musste mich zwingen, ruhig zu bleiben. Und dann jeden Tag dieses

Gurgeln mit Gin. Ab jetzt gibt es nur noch Champagner."

Dann steckte sie den Käfer schwungvoll in die Vertiefung an der Platte. Es klickte. Nichts geschah.

Mit fahrigen Bewegungen drehte sie an dem Käfer herum. Nach links und nach rechts. Sie drückte den Panzer und dann die Kartusche auf dem Oberteil des Skarabäus. In dem Moment passierte das, was Beanstock vermutet und gehofft hatte.

Vor den Augen der entsetzten Leute tat sich vor der Platte ein Abgrund auf und verschluckte Bosh und einen ihrer Kumpane. Der langgezogene Schrei hallte fast eine ganze Minute durch den Raum und ließ jeden, der es hörte, bis ins Mark erschauern. Dann wurde es still.

Gonzales und Beanstock hatten nicht lange abgewartet. Mit einem Schlag landete der eine der vollkommen entsetzten Banditen auf dem Boden und der andere bekam von Beanstock einen Schlag mit dem Revolvergriff. Die beiden Männer würden für eine Weile in der Traumwelt bleiben. Aber es war noch nicht ausgestanden. Wer wartete draußen auf sie und vor allem wie viele Leute?

Vorsichtig tasteten sich Beanstock und Gonzales zum Eingang vor. Vor dem Höhleneingang stand niemand, aber unten, am Fuß des Pfades, sah man zwei Ganoven mit Gewehren. Scheinbar hatten sie den Schrei ihrer Chefin nicht gehört oder gemeint, die Dame hätte jemanden umgebracht. Die beiden schienen ganz zufrieden, rauchten und saßen plaudernd auf einem Stein. In einiger Entfernung lagen zwei Gestalten auf dem Boden.

Beanstock erkannte ihre Sicherheitsleute. Also hatte er ihnen Unrecht getan. Sie waren wie Pakete verschnürt und waren sicher auch für die Kammer des Pharao vorgesehen.

Ohne gesehen zu werden, könnten sie den Boden nicht erreichen. Beanstock überlegte angestrengt.

Dann sah er auf die beiden Gauner am Boden. Kurzerhand nahm er Hut und Jacke des einen, setzte es Gonzales auf den Kopf und gab ihm auch noch das Gewehr in die Hand. Dann besah er sich sein Werk mit etwas Abstand, zog den Hut noch etwas mehr in das Gesicht des Chauffeurs und nickte befriedigt.

„Was soll denn das, Señor Beanstock?", maulte Gonzales nun aufgebracht. „Ich sehe ja aus wie ein Bandido, und der Hut stinkt."

Bevor er ihn abnehmen konnte, raunte ihm Beanstock etwas zu.

Das Gesicht des Chauffeurs erhellte sich sofort. Er drückte den Hut fester auf den Kopf, zog die schmutzige Jacke über, richtete das Gewehr unter den bestürzten Blicken der anderen Herren auf den Butler und wies ihn an, aus der Höhle zu treten.

Dann wurde es auch den anderen klar, was Beanstock vorhatte, der nun mit erhobenen Armen nach unten ging.

Glücklicherweise war es inzwischen dunkler geworden. Der Abend kam und mit ihm ein leichter Sandsturm, der im richtigen Augenblick die Sicht verschlechterte.

Während Mr Wahiri die Waffe des Mannes am Boden genommen hatte und die beiden im Blick behielt, lugten der Professor und Sir Percival vorsichtig aus dem Eingang der Höhle und verfolgten Beanstocks und Gonzales´ langsame Schritte hinab.

Die Männer am Boden waren aufgestanden und versuchten

durch den rieselnden Sand zu erkennen, wer dort kam. Arabisch gerufene Worte schallten den beiden entgegen. Gonzales kommentierte das mit einem lauten Brummen. Was sollte er anders tun?

Als sie endlich am Fuß des Berges angekommen waren, richtete Gonzales das Gewehr auf die beiden Wartenden.

So schnell konnten die Überrumpelten nicht nach ihren Gewehren greifen, und als der eine der beiden seinen Krummdolch zückte, bekam er einen ordentlichen Hieb von Beanstock mit dem Revolver.

„Haltet ja eure Hände da, wo ich sie sehen kann", schimpfte Gonzales, „und haltet die Backen, ihr macht mich krank!"

„Haltet die Backen? Wir müssen an Ihrer Ausdrucksweise noch feilen, Gonzales", meinte Beanstock verwundert.

Ein lautes Grunzen kam aus der Richtung der Sicherheitsleute. Mehr konnten die beiden nicht von sich geben, da man sie zu allem Überfluss auch noch geknebelt hatte.

Will und Palmer wurden schnell losgebunden. Die beiden spuckten die Knebel aus und Will hustete ausgiebig.

Palmer hatte ein ordentliches Veilchen und Will eine Stichwunde am Arm. Aber es ging beiden so weit gut. Nur ihr Stolz war über die Maßen verletzt.

Will sah zornig zu seinem Partner.

„Da muss uns ein englischer Butler aus der Patsche ziehen? Das wird uns doch ewig anhängen, Palmer! Diese Banditen kamen heraus, als ihr oben in der Höhle verschwunden wart. Sie müssen hier schon eine Weile auf den passenden Moment gewartet haben. Es ging wahnsinnig schnell. Wir konnten kaum etwas tun. Ich versuchte noch zu schießen, aber das

Messer war schneller und kam wie ein Geschoss angeflogen."

Ein zorniger Blick traf seinen schweigsamen Partner, der nur die Schultern zuckte.

Beanstock zog ein sauberes Taschentuch aus seiner Jacke und verband die Wunde an Wills Arm notdürftig. Zum Glück war sie nicht tief.

„Kümmern Sie sich um die Gefangenen, Will. Oben liegen auch noch zwei Leute herum. Gonzales wird Ihnen behilflich sein", erklärte Beanstock und machte sich wieder an den Aufstieg.

„Wenn dieser Sandsturm schlimmer wird, kommen wir heute hier nicht mehr weg", erklärte Will. „Das Beste wäre, wenn wir die Verbrecher sofort gut verschnürt den Behörden übergeben. Aber bei diesem Wetter? Das bringt nichts. Wir werden sie in einem der Zelte bis morgen bewachen. Los, Palmer, an die Arbeit!"

Für heute war es zu spät, um noch etwas an der Grabkammer zu untersuchen. Die Gefangenen wurden in einem Zelt gut verpackt und bewacht zurückgelassen.

Bosh würde nun selbst in diesem Grab die Ewigkeit verbringen. Ihre Gier war ihr zum Verhängnis geworden. Man würde die Leichen kaum bergen können.

Am nächsten Tag wollten Will und Gonzales die Gefangenen zur Polizeiwache in den kleinen Ort nahe Luxor bringen. Danach würden sie zurückkommen.

Palmer blieb zur Sicherheit vor Ort.

Und morgen sollte nun endlich versucht werden, das Grab zu öffnen.

Beanstock hatte die Herren mit einem Nachtmahl und Tee versorgt sowie Wills Wunde neu verbunden. Nun vertiefte er sich in sein Notizbuch und sah sich den Skarabäus nochmals genauer an. Sie hatten ihn aus der Platte wieder entnommen, was nicht so einfach war. Beanstock musste sich weit nach vorn beugen, um den Käfer zu erreichen. Glücklicherweise war er nicht mitsamt der Dame Bosh im Abgrund verschwunden, ansonsten hätten sie ein richtiges Problem gehabt. Es würde Wochen dauern, die schwere Steinplatte zu entfernen.

Der Käfer passte genau in die Vertiefung. Es hatte geklickt. Der Versuch, ihn zu drehen, hatte zum Aktivieren des Abgrunds geführt. Was übersah er? Beanstock grübelte.

Mr Wahiri und der Professor saßen neben ihm am Feuer. Sir Percival hatte sich bereits zur Ruhe begeben. Beanstock hatte ihn dazu ermutigt, da sein Arbeitgeber mitgenommen aussah. Er machte sich Sorgen. Die Unversehrtheit seines Arbeitgebers hatte oberste Priorität. Lady Fedora zählte auf ihn.

Der Professor untersuchte erneut das Schriftstück aus dem Käfer. Vielleicht war dort noch ein Hinweis zu finden.

Mr Wahiri stocherte lustlos mit einem Stock im Feuer herum, während er sein Glas mit dem guten Whisky schwenkte.

Beanstock sah zu dem Professor und auf das Lederstück.

„Wo ist das Siegel geblieben?"

„Das Siegel? Welches Siegel?"

Der Professor sah verwirrt von dem Schriftstück auf.

„Als wir das Leder aus dem Inneren zogen, hing ein winziges Siegel daran, aus Stein mit einem offenen Auge darauf. Erinnern Sie sich, Professor?"

Das Gesicht Ian McGregors hellte sich auf.

„Richtig, jetzt fällt es mir ein. Es war an dieser porösen Kordel befestigt. Deshalb habe ich es entfernt und verwahrt.

Warten Sie, Beanstock, ich habe es natürlich mitgenommen."

Der Professor durchwühlte die vielen Taschen seines Anzugs, nahm zwischendurch ein gefundenes Himbeerbonbon in den Mund und wühlte weiter. Dann zog er eine kleine Schachtel vorsichtig hervor.

„Hier ist es. Meinen Sie vielleicht, es könnte helfen? Das kann ich mir von so einem winzigen Ding gar nicht vorstellen."

Beanstock nahm die Schachtel und öffnete sie vorsichtig. Es war wirklich ein sehr unscheinbarer schwarz glänzender Stein. Beanstock nahm ihn in die Hand.

„Er ist zwar winzig, aber ganz schön schwer, finden Sie nicht?"

Mr Wahiri und danach der Professor legten sich den Stein in die Hand und nickten zustimmend.

„Sie haben recht, aber was soll das bringen?", fragte Mr Wahiri. „Es gab nur diese eine Vertiefung für den Skarabäus an der Platte. Ich denke, wir sollten Arbeiter heranschaffen und die Platte aufbrechen."

„Davon würde ich abraten", erklärte Beanstock. „Sie wissen, was mit Bosh und ihrem Gefolgsmann geschehen ist. Es könnte noch mehr Fallen geben, wenn man versucht, mit Gewalt vorzugehen. Nein, ich meine, der Stein ist der Schlüssel. Das offene Auge darauf hat etwas zu bedeuten. Mir würde es sagen: Mach die Augen auf, du wirst es sehen. So in etwa!"
„Sicher ist es einen Versuch wert", murmelte der Professor.

Mr Wahiri schüttelte den Kopf.

Er war wirklich ein sehr schwer zu überzeugender Zeitgenosse. Alles wurde von ihm angezweifelt, sogar dass die Frühstückseier exakt in der richtigen Zeit gekocht wurden.

Auf dem Nilschiff hatte er einen jungen Stewart vor Ver-
zweiflung bis zum Weinen gebracht. Der arme Junge hatte
ihm Wasser bringen sollen, einfaches Trinkwasser.

Beim ersten Mal schickte er ihn mit dem Hinweis zurück,
das Wasser sei alt und abgestanden. Das zweite Mal war das
Wasser trübe. Beim dritten Mal war es ihm zu warm und beim
vierten Mal zu kalt. So viel fehlende Empathie hatte sogar die
Tochter des französischen Ehepaars, die sonst niemals etwas
sagte, zu einer empörten Aussage getrieben.

Die Barke des Pharao

Am nächsten Tag wurden die Gefangenen im Auto festgebunden und Will und Gonzales machten sich auf den Weg. Sie wollten versuchen, noch am Abend wieder zurück zu sein. Wahrscheinlich würden Polizisten sie begleiten, um den Vorfall vom Vortag zu protokollieren. Man hatte nicht viel Zeit für eine weitere Untersuchung des Grabes.

Der Vertreter der Altertumsbehörde machte sie darauf aufmerksam, dass es durchaus passieren könnte, dass die Polizei die Ausgrabungen stoppen würde. Das war schon öfter vorgekommen. Dann könnte es Monate dauern, bis man wieder einen Blick in das Grab werfen könnte.

Der Sandsturm hatte sich verzogen und die Sonne strahlte vom Himmel, als ob nichts gewesen wäre.

Nach dem Frühstück, auf das sich nicht wirklich jemand konzentrieren konnte, beeilten sich die Herren, erneut einen Vorstoß zu wagen.

Die Zeit arbeitete gegen sie.

Dieses Mal hatten sie genügend Lampen dabei, um etwas Licht ins Innere zu holen.

Nun standen alle vor der dunklen Platte. Beanstock hatte den Käfer in der Hand. Niemand, noch nicht einmal Mr Wahiri, hatte etwas dagegen, dass es der Butler noch einmal versuchen wollte. Sir Percival hatte aber auf einem Seil bestanden, das sie um die Taille des Butlers geschlungen hatten und gut festhielten.

Beanstock blickte abschätzend in den Abgrund vor ihm

und sah sich dann die Ausbuchtung genau an.

Dann beugte er sich weit nach vorn. Er hielt die Taschenlampe ganz nah an die Platte und inspizierte jeden Zoll. Er murmelte etwas. Dann griff er in seine Tasche, nahm den kleinen Stein aus der Schachtel und drückte ihn in eine Vertiefung. Danach folgte der Skarabäus.

Sir Percival schüttelte den Kopf und griff fester zu dem Seil. Sein alter Freund Ian sah ihn an und packte ebenfalls zu. Mr Wahiri stemmte seine Füße hart in den Untergrund. Niemand schien dem Urteil des Butlers zu trauen.

Als Beanstock den Skarabäus hineingedrückt hatte, war wieder dieser furchtbare Klicklaut zu hören, aber der war verbunden mit einem anderen Geräusch. Es hörte sich an, als ob Sand irgendwo herunterrieselte. Dieses Rauschen wurde immer lauter und bedrohlicher.

Dann war es einen Moment still.

Beanstock hatte sich vorsichtshalber zu den anderen gesellt.

Er wollte gerade sein Unvermögen eingestehen, als die dunkle Platte vor ihren Augen in einer rasanten Abwärtsbewegung über dem Abgrund zu liegen kam. Eine dicke Staubwolke verdunkelte die Sicht. Sie hielten sich Taschentücher vor das Gesicht und husteten.

„Haben Sie das gewusst, Beanstock?", flüsterte Sir Percival. Der Butler zuckte die Schultern.

„So viel zu diesem schlauen Mädchen. Teremun muss ein unglaublicher Mensch gewesen sein. Vielleicht hat der Pharao sie deshalb so geliebt und ihr vertraut. Ich denke, hier hätte niemals ein Grabräuber eine Chance gehabt."

Als sich der Staub gelegt hatte, hob Mr Wahiri die

Taschenlampe und leuchtete in die Dunkelheit. Vor ihnen lag ein weiterer Gang, an den Wänden waren Nischen eingelassen, an jeder Seite drei. Darin standen Statuen. Dahinter öffnete sich ein größerer Raum.

Vorsichtig machten sie sich auf den Weg.

Professor McGregor nahm eine der Laternen, die sie mitführten, und entzündete das Öl darin.

In der Mitte der Halle stand ein wunderschöner Altar aus rötlichem Stein mit farbigen Abbildungen auf den Seiten. Ringsum erhoben sich farbige Säulen, die der Lotuspflanze nachgebildet waren.

Aber das schaurigste Element lag auf dem Altar und daneben.

„Wahrscheinlich waren das Opfergaben", erklärte Professor McGregor atemlos.

„Opfergaben? Das ist furchtbar!", rief Sir Percival. „Was denken Sie, Beanstock, wer das gewesen ist?"

Auf und neben dem Altar lagen die Überreste von mindestens zehn Menschen, übereinandergestapelt wie Mehlsäcke.

„Was meinen Sie, meine Herren, wie Teremun hier alles hochschaffen konnte? Meinen Sie, etwa allein? Ein Mädchen? Sie brauchte Helfer, und um sich ihrer Loyalität zu versichern, mussten diese Menschen das Grab mit dem Pharao teilen. Teremun liegt nicht hier, natürlich nicht. Sie hat mit dem Skarabäus als letzter lebender Mensch das Grab verlassen und es versiegelt."

„Unglaublich, aber so könnte es wirklich gewesen sein", meinte Mr Wahiri zu dieser These. „Die Überreste wurden durch die Versiegelung des Grabes erhalten, sonst hätten wir hier nur noch Staub vorgefunden."

Sie ließen eine Laterne im Raum zurück und gingen weiter. Im Anschluss an den nächsten Durchgang standen sie vor einer Treppe, die nach oben führte.

„Das ist mal was Neues", erklärte der Professor. „Sonst geht's immer nur abwärts."

Das Licht ihrer Taschenlampen fiel in den nächsten Raum. Eine große goldene Sonnenscheibe war in der Decke eingelassen. In Nischen entlang der Wand standen vergoldete Statuen. Die Decke war übersät mit Bergkristallen, die den Raum wie ein Kaleidoskop erstrahlen ließen.

Durch einen weiteren Raum, angefüllt mit Amphoren, Bündeln, Stoffen, längst zu Staub zerfallenen Papyri und einem goldenen Thron gelangten sie in den eigentlichen Grabraum.

„Endlich, hier finden wir den Pharao", hauchte Mr Wahiri.

Aber Beanstock war noch nicht davon überzeugt. Er hatte dem Professor gegenüber bereits verlauten lassen, dass er der Überzeugung war, dass nur deshalb niemand nach diesem Grab gesucht hatte, weil der Pharao hier nicht begraben wurde. Mr Wahiri hatte gelacht und ihm erklärt, niemand würde diesen Aufwand betreiben, wenn kein Pharao darin bestattet werden würde. Das wäre Unsinn.

Der Professor hatte einen langen Vortrag über die Glaubenswelt der alten und neuen Reiche gehalten und die Wichtigkeit der Mumifizierung. Er zweifelte ebenfalls an der Idee des Butlers. Allerdings gab er zu bedenken, dass die Mumie Echnatons angeblich vor Jahren bereits gefunden worden war.

Beanstock versuchte sich bereits seit einiger Zeit in die Gedankenwelt des Mädchens Teremun zu versetzen.

Der Sarkophag war leer. Er war wunderschön, aber leer. Die Platte, die den Pharao bedeckt hätte, stand an der Wand, eng mit Hieroglyphen beschrieben.

Aber neben dem leeren Grab war ein kleiner unscheinbarer Steinsockel gebaut worden und darauf stand eine rötliche Kanope, eine Art Deckelvase, mit der Kartusche des Echnaton. Professor McGregor nahm einen weichen Pinsel und entfernte vorsichtig den Staub von der Kanope.

„Das ist es. Das Einzige, was Teremun von ihrem Pharao und Vater, davon bin ich nun auch überzeugt, mitgenommen hat. Das Herz, den Sitz der Seele, so steht es hier geschrieben."

Niemand traute sich die Kanope zu berühren, als ob man sonst die Ruhe Echnatons stören könnte.

Aber das Grab, das keins war, hatte noch einen weiteren Durchgang zu bieten. Und was dahinter lag, verschlug selbst dem ungläubigen Mr Wahiri die Sprache.

Eine riesige Barke, größer als alle bisher bekannten Königsbarken, ummantelt mit Goldplatten, gefüllt mit Truhen und Schatullen. Das Segel hing nur noch in Fetzen vom Mast, aber man konnte das kostbar bedruckte Tuch noch erahnen. Auf allem lag ein Hauch von Staub. Allein für diese Halle mussten unglaubliche Mengen an Steinen bewegt worden sein. Um diese Barke hier unterzubringen, musste es viele Monate gedauert haben. Wahrscheinlich hatte Teremun sie hier erst aufbauen lassen.

Dieses Höhlengrabmal würde die Archäologen noch lange Zeit beschäftigen.

„Das Mädchen hat seine Mission erfüllt. Sie hat es geschafft, das wichtige Herz ihres Königs so zu bestatten, wie es ihm zustand, und sie hat ein Vermächtnis hinterlassen, das seinesgleichen sucht", sagte Beanstock, drehte sich um und verließ das Felsengrab. Er würde es nicht mehr betreten. Sir Percival folgte ihm.

Am Eingang der Höhle blieben die beiden stehen, sahen in die gleißende Mittagssonne und hingen ihren Gedanken nach.

Nach einer Weile legte Sir Percival seinem Butler eine Hand auf die Schulter.

„Ist alles mit Ihnen in Ordnung? Sie sehen angegriffen aus, mein Bester."

„Es geht mir gut, Sir Percival. Ich denke nur darüber nach, wie gedankenlos es vielleicht ist, die Totenruhe eines Königs zu stören, nur um Schätze zu bergen. Es erscheint mir nicht richtig. Teremun wollte ihren Vater auf ewig hier schützen, und nun kommen wir und stören diese Ruhe. Damit nicht genug, man wird alles herausholen, verpacken und in einem Museum ausstellen. Man wird den Namen Teremun vergessen. Sie war nur ein unbedeutendes Rädchen. Es erscheint mir einfach falsch, Sir. Bitte entschuldigen Sie."

„Sie müssen sich für gar nichts entschuldigen. Der Name dieses Mädchens wird nicht vergessen, dafür sorgt schon unser Freund Ian, da können Sie sicher sein."

Erst am Abend dieses Tages kamen Gonzales und Will zurück. Mit ihnen eine ganze Schar Leute. Polizisten, um den Fall Bosh zu untersuchen, Soldaten, um das Grab abzusichern, und mehrere Archäologen aus dem nahen Luxor.

Plötzlich wimmelte das Wadi Hammamat vor Zelten, Menschen und Fahrzeugen.

Professor Ian McGregor wurde nahegelegt, den Skarabäus

218

zu übergeben und das Feld zu räumen. Er war nicht nur ent-
täuscht, sondern außerordentlich wütend, als er am Abend des
folgenden Tages seinem Freund davon berichtete.

„Zumindest werden wir in den Ausführungen der nächsten
Zeit als Entdecker genannt werden. Das ist aber dann auch
alles. Sie haben mir tatsächlich erklärt, ich solle zurückkehren
nach England und die Ausgrabungen den Archäologen vor
Ort überlassen, die sich damit auskennen. Genau so waren
ihre Worte. Eine Frechheit ist das! Was wollen die denn aus-
graben? Wir haben doch schon alles ausgebuddelt. Die setzen
sich ins gemachte Nest! Den Skarabäus konnte ich natürlich
nicht abgeben, der hängt ja in der Platte fest."

„Mein lieber Ian, vor einigen Tagen hast du selbst festge-
stellt, dass dieses Klima nichts für dich ist. Natürlich haben
wir die Arbeit gemacht, aber das bleibt uns ja auch. Und du
kannst dir den Ruhm des Entdeckers auf die Fahne schreiben.
Man wird dich mit anderen Augen im Museum in London ansehen. Ich bin sicher, sie werden dich bitten zurückzukom-
men. Und du hast eine riesige Menge Material. Mach ein
Buch daraus."

Der Professor erhob sein Whiskyglas und stieß mit seinem
Freund Perci und den beiden Sicherheitsleuten Will und Palmer an. Er konnte wieder lächeln und malte sich schon in Gedanken den wundervollen Empfang in London aus.

Mr Wahiri war nicht mehr bei ihnen. Er hatte sein Zelt genommen und sich auf die Seite der neuen Ankömmlinge geschlagen. Das gesamte Tal wimmelte vor Leuten.

In ihrem kleinen Seitenarm dagegen war es einigermaßen
ruhig.

Beanstock bereitete ein leichtes Dinner zu, klopfte die

Anzüge der Herren aus und flickte einen Riss an der Hose des Professors. Er war an einem Vorsprung im Grab hängen geblieben und Beanstock hatte befürchtet, dass die Hose auf der Strecke bleiben würde. Aber der Professor wurde glücklicherweise nicht entblößt. Mit einer provisorischen Nadel hatte Beanstock helfen können, wieder einmal unter den staunenden Blicken des Chauffeurs. Gonzales konnte nicht glauben, was er sah. Nicht nur, dass der Butler mit einem tadellosen Anzug, Krawatte und sauberem Taschentuch hier in der Wüste jeden neuen Tag begann, sondern auch mit einem Füllhorn von Utensilien in seinen Taschen.

„Ich denke, mein lieber Ian, wir verlassen diesen ungemütlichen Ort morgen früh. Was meinst du?", fragte Sir Percival.

Ian McGregor nickte nur.

„So gehen wir also ohne noch so ein winziges Stück aus diesem unglaublichen Grab von dannen. Was für ein geschmackloser Mensch dieser Archäologe aus Luxor doch war. Hast du es mitbekommen, Perci? Er unterstellte mir doch tatsächlich, ich würde den Skarabäus vor ihm verstecken. Ich hatte ihm das Lederdokument übergeben. Zum Glück sprang Mr Wahiri in die Bresche und erklärte ihm, der Skarabäus sei verloren, bis man die Steinplatte am Eingang heben würde. Und selbst das stünde noch in den Sternen, da niemand wissen könne, ob der Käfer nicht in den Abgrund gefallen sei, als diese zentnerschwere Platte hinabfiel. Da hättest du mal das Gesicht dieses Schnösels sehen sollen. Ach, war das schön! Letzten Endes war Wahiri auf unserer Seite. Ich hatte immer den Eindruck, er würde uns nicht vertrauen."

Am nächsten Morgen brachen die Abenteurer ihre Zelte ab, verstauten alle Gepäckstücke in den Autos und machten sich auf den Heimweg.

Beanstock sah ein letztes Mal zu dem Eingang der Höhle hinauf. Er dachte an das Mädchen. Teremun musste außergewöhnlich gewesen sein.

Ohne viele Pausen fuhren sie in Richtung Luxor. Sie erreichten die alte Stadt am späten Abend. Von dort würden Sie auf das nächste Nilschiff gehen in Richtung Kairo.

Beanstock telegrafierte seinem Vertrauensmann in Alexandria. Der Mann würde sich um einen Flug und Fahrzeuge zum Airport kümmern.

Nach einer Woche kamen wieder die Türme und Minarette Kairos in Sicht.

Die ruhmreiche Stadt am Nil lag im Dunst der Mittagssonne, als die Douglas DC-3 vom Airport abhob und Richtung Southend-on-Sea flog. Will und Palmer hatten sich bereits am Hafen von ihnen verabschiedet, nachdem Beanstock den versprochenen Lohn gezahlt hatte und Sir Percival noch etwas darauflegen ließ, für ihre sehr gute Arbeit.

„Das war´ne Sache, immer gern wieder die Herren!", rief ihnen der ansonsten immer stille Palmer hinterher.

Sein Freund Will blickte ihn mit offenem Mund an. „Er kann sprechen?!"

Parsley Field

Am späten Nachmittag verließen die Hobbyarchäologen nach der Passkontrolle endlich das Gebäude in Southend-on-Sea. Der Flug war ohne Komplikationen verlaufen, auch wenn sich der Professor dieses Mal eine Beruhigungspille verbat. Seine Gesichtsfarbe färbte sich im Verlauf des Fluges von Blütenweiß bis Rosenrot über Veilchenblau nach Pfefferminzgrün.

Als alles im Bentley verstaut war, auch die beiden Herren, strich Gonzales liebevoll über die Motorhaube der silbergrauen Schönheit.

„Hast auf mich sicher schon gewartet. Oder? Hast du mich vermisst? Ich dich schon, mein Schatz. Heute Abend bekommst du einen guten Schluck Öl, dann geht's dir wieder besser, und morgen wird geputzt, versprochen."

Beanstock blickte den Chauffeur mit hochgezogenen Augenbrauen verständnislos an.

„Man wartet, Gonzales."

Der Chauffeur stieg schnell ein und startete den Motor. Sie passierten die Flughafenschranke und der Bentley fuhr in Richtung Heimat.

Sir Percival hatte Lady Fedora bereits in Kairo von ihrer bevorstehenden Rückreise unterrichtet. My Lady war erleichtert und Lady Marjorie kehrte zu ihrem Gatten Mortimer zurück, der sie sehnlichst erwartete. Es gab einen neuerlichen Streit mit der Köchin zu schlichten, die bereits auf gepackten Koffern vor dem Wasserschloss der Southcoffeltons saß.

Als sie den *River Shirty* überquerten und das Haus in Sicht kam, meinte Beanstock ein Aufatmen im Wagen zu hören. Aber vielleicht war das nur sein eigenes gutes Gefühl, endlich wieder den geregelten Ablauf auf Parsley Manor vor sich zu haben.

Kaum war er ausgestiegen, kam Luci gelaufen, umarmte ihn und sah glücklich lächelnd zu ihm auf.

Mrs Argyle stand in der Tür und dahinter kamen die neugierigen Gesichter der anderen zum Vorschein.

Der Butler räusperte sich. Luci drückte ihn nur noch mehr. Lady Fedoras helles Lachen klang aus der Tür und Beanstock war zuhause.

Nach dem Dinner am Abend verlangte Gonzales etwas Ungewöhnliches. Er müsse mit der Herrschaft sprechen. Auch auf den Hinweis des Butlers, dass er es zuerst ihm zu melden habe, wenn etwas nicht stimme, ging Gonzales nicht ein.

Beanstock ging mit ihm zum Salon, wo Lady Fedora den aufregenden Erzählungen aus dem fernen Ägypten lauschte.

Beanstock neigte kurz den Kopf.

„Sir Percival, Gonzales würde Sie gern sprechen."

„Nur heraus mit der Sprache. Ich kann nur noch einmal sagen, wie gut es war, dass Sie dabei waren, Gonzales. Ich meine, Beanstock denkt wie ich, nicht wahr? Also, was gibt es denn?"

Gonzales druckste erst etwas herum, aber dann griff er in seine Jacke und beförderte etwas in einem Tuch hervor. Er wickelte es sorgfältig aus und gab es dann Sir Percival. Alle Anwesenden kamen näher, um besser sehen zu können.

In der Hand des Baronets lag der goldene Skarabäus.

„Was haben Sie getan? Dieses Artefakt gehört den ägyptischen Behörden. Wie haben Sie das überhaupt gemacht? Es steckte doch unter der Platte?" Beanstock konnte sich gar nicht genug wundern.

Alle Augen ruhten auf dem Chauffeur, der nervös von einem Fuß auf den anderen trat.

„Sie erinnern sich vielleicht. Ich habe, als diese Leute mit dem Aufbau des Lagers beschäftigt waren, einen Spaziergang gemacht. Aber da ist ja nichts zum Spazieren. Da ist nur Sand und Stein. Und die Leute waren auch nicht besonders interessant. Also bin ich hinaufgeschlendert zur Höhle. Und dann hab ich nachsehen wollen, ob der schöne Käfer noch da ist und hab mich unter die Platte gebeugt, und da war er, und es war ganz schön schwer, da ranzukommen …" Sein Vortrag stockte.

„Sie haben den Käfer aus der Platte entfernt?" Professor Ian McGregor spuckte die Worte mit heiserer Stimme heraus.

„Wenn nun die Platte zurückgeschnellt wäre? Sie hätten stürzen können", sagte Sir Percival.

„Ach was, das kann nicht sein. Diese Platte liegt bis in alle Ewigkeit da an diesem Platz", konterte der Professor. „Aber ich bin über die Maßen erschüttert."

Gonzales stand mit gesenktem Kopf vor den Herrschaften. Er hatte nicht genug nachgedacht, sondern einfach instinktiv gehandelt.

„Was, um Himmels willen, haben Sie sich denn vorgestellt, was nun damit wird, Gonzales?", fragte Beanstock.

Er versuchte nicht an die Konsequenzen zu denken.

Würde Sir Percival den Chauffeur entlassen? Das wäre das schlimmste Ergebnis der Eigenmächtigkeit Gonzales. Aber

Beanstock war dieses eine Mal auf einer vollkommen falschen Spur.

„Ich fand es einfach nicht richtig, dass man den Professor so behandelt hat im Wadi Hammamat. Ich finde, eine Kleinigkeit Ruhm stand ihm zu", bemerkte der Chauffeur kleinlaut.

Sir Percival stand auf und stellte sich vor Gonzales.

Nun würde es heißen Abschied nehmen von einem guten Chauffeur. Beanstock musste sich eingestehen, dass Gonzales ihm fehlen würde.

„Das ist ja fantastisch! Sie Teufelskerl!", polterte Sir Percival.

Juniors Kopf kam unter dem Tisch hervor. Er jaulte leise auf. Lady Fedora streichelte ihm fürsorglich den Kopf.

Professor McGregor sprang ebenfalls auf und klopfte Gonzales kräftig auf die Schulter. Gonzales errötete. Grinsend zwinkerte er dem Butler zu.

Beanstock verdrehte die Augen. Er wusste genau, was das bedeutete. Das würde Gonzales ihm ständig unter die Nase reiben. Nun würde sich der Chauffeur noch unentbehrlicher fühlen.

Sir Percival reichte den Käfer an den Professor weiter.

„Nein, das erscheint mir falsch", meinte der. „Er soll hier bei euch bleiben. Ich kann ihn doch niemandem zeigen. Das würde nur zu Verwicklungen führen. Dann wollen wir uns lieber an ihm erfreuen, wenn ich wieder hier bei euch sein darf. Sie sind ein toller Kerl, Señor Gonzales!"

Beanstock verdrehte die Augen erneut.

Aton, erhöre mich!

„Die Arbeiten sind abgeschlossen." Der Mann mit den tiefschwarzen Haaren und dem einfachen braunen Kittel eines Arbeiters beugte sich tief hinab.

Vor dem Eingang zum Felsengrab ertönten die Stimmen der Arbeiter, frohgestimmt, weil die schweren Arbeiten bald beendet sein würden. Mit dem versprochenen Lohn würden sie endlich nach der langen Zeit nachhause zu ihren Familien heimkehren. Man hatte ihnen reichen Lohn versprochen für diese seltsame Aufgabe.

Ein Felsengrab im Wadi Hammamat, an einer Stelle, die weit von den Steinbrüchen des Pharao entfernt lag; ein abgelegenes Tal, in das man alles mühevoll heranbringen musste. Niemand der Arbeiter verstand den jungen Mann mit dem Siegelring des Pharao Echnaton. Aber sie gehorchten. Zu reichlich war ihnen Lohn versprochen worden.

Der junge Mann in der letzten Kammer des Grabes erhob sich. Er klopfte sich den Staub von den Knien und sah zu seinem Arbeiter.

„Heute Abend, Tuthmes, beende ich die Inschriften an der Barke. Dann wirst du mit den anderen Arbeitern die Schatullen und Kästen aus der Vorderhalle hereintragen. Euer Lohn wird Euch mehr als belohnen für die Mühen zu Ehren des Pharao. Atons Licht wird über Euch leuchten."

Der hagere Mann verbeugte sich tief. Dann ging er durch die Kammern zurück zum Eingang, um den Arbeitern die frohe Botschaft zu verkünden. Wein stand bereit und ein reichhaltiges Essen war vorbereitet.

Teremun hatte gut für die Leute gesorgt. Seit über einem Jahr dauerten die schweren Arbeiten an. Tief in den Fels hatten sie sich mit ihren einfachen Meißeln vorgearbeitet. Viele Körbe mit Sand und Steinen wurden herausgeschleppt.

Die schwere Steinplatte, die den Eingang verschließen sollte, hatte so viel Schweiß gekostet, dass Tuthmes so manches Mal gedacht hatte, er würde hier sein Leben aushauchen.

Aber ihr Herr hatte ihnen stets noch größere Anstrengungen abverlangt.

Er hatte zusätzlichen Lohn versprochen, feines Linnen aus den Werkstätten der besten Handwerker und Wein im Überfluss.

Und Gold, er hatte ihnen Gold versprochen und sie hatten es geglaubt. Denn keines Mannes Lippen, die den Namen des Echnaton so oft verkünden und die den Gott Aton wie Teremun verehrten, würden sich einer Lüge schuldig machen. Auch wenn Tuthmes kein Anhänger des Aton war, sondern in seinem Haus im fernen Luxor Osiris und Isis anbetete.

Als der Abend herannahte und Teremun die letzten Worte auf der Barke vergoldet hatte, sah sie sich ein letztes Mal um im Heiligtum ihres Vaters und Königs. Niemand durfte jemals davon erfahren. Niemand durfte jemals wissen, wer sie wirklich war. Ihre Aufgabe war zu wichtig.

Sie ging durch die einzelnen Kammern zurück zum Eingang, bewunderte ein letztes Mal die goldenen Statuen ihres Pharao, hielt zum letzten Mal die Hand schwebend über der Kanope mit dem Herzen des Königs, dass sie vor ein paar Tagen hierhergebracht hatte.

Die Kunde vom Tod des großen Echnaton hatte die Arbeiter zum Glück noch nicht erreicht.

So konnte Teremun ihr Werk beenden.

Sie wies die Arbeiter an, die Schatullen und Kästen in die Barke zu bringen, den Schmuck der Königin Nofretete, die vor ihrem Gatten gegangen war, und die Schatullen aus dem Besitz Echnatons.

Alles war bereit für seine Rückkehr.

Man brachte Obst und Weinamphoren aus dem fernen Griechenland in die Vorratskammer, und dann war es soweit. Das Grab konnte versiegelt werden.

Teremun hatte noch eine Aufgabe. Sie rief alle Arbeiter im Altarraum zusammen. Sie wollte sich bei ihnen bedanken für die wundervollen Arbeiten am Grab des großen Echnaton. Becher mit süßem Wein standen bereit, als die Männer hereinkamen und sich froh lächelnd um Teremun versammelten.

„Ihr, die Ihr den Namen Echnatons hochgehalten habt. Es wird Euch in Ewigkeit an Ehren nicht fehlen. Ihr werdet einen besonderen Platz einnehmen. Ich werde Euch belohnen, so wie es Euch zusteht. Darauf lasst uns trinken."

Die Männer prosteten sich zu und scherzten und lachten. Die Gedanken weilten zuhause bei ihren Familien.

Einer der ältesten Männer, ein magerer Handwerker, der für die Bemalungen zuständig gewesen war, krümmte sich plötzlich und fiel vornüber.

Sofort verstummten die Gespräche. Aber auch das Rütteln an dem Mann brachte ihn nicht zurück ins Leben.

Nacheinander fielen diese starken Männer auf den Boden der Kammer und hauchten ihr Leben aus.

Tuthmes sah verzweifelt zu Teremun, und ihm wurde in diesem Moment zu spät klar, wie stark dieser junge Gefolgsmann Echnatons wirklich seine Ziele verfolgte.

Nachdem Teremun die Leichen der zehn Arbeiter auf den Altar als Opfergaben gelegt hatte, richtete sie den Blick zu der glänzenden Sonnenscheibe an der Decke und hob ihre Arme zum Gebet.

„Aton, erhöre mich, deine Dienerin ist hier und reicht dir ein Opfer dar. Bringe meinen Vater zurück zu mir. Ich, Teremun, habe seinen Namen zu Ehren gebracht und sein Herz wartet auf meinen Pharao. Aton, höre mein Flehen!"

Dann musste nur noch eins geschehen.

Das Mädchen nahm die versteckten Steine aus der Wand, Sand begann zu rieseln und die Platte verschwand in der Wand. Sie entnahm den goldenen Skarabäus und das schwarze Steinchen mit dem Auge darauf, ließ den kleinen Stein im Inneren des Käfers verschwinden und mit einem Klick schloss sie den Deckel. Sie drückte den Skarabäus fest an ihr Herz. Dort sollte er bleiben, bis zu ihrem Tod.

Sie verschloss die Tür zum Felsengrab und ging hinab ins Tal. Wenn man nun hinaufsah, war da nur glatter Felsen. Nur im Licht Gott Atons zur Mittagszeit würde es einen kurzen Moment geben, in dem man den Weg sehen konnte. Aber dieses Tal war unbelebt. Niemand baute hier den kostbaren Bechen-Stein ab. Es würde niemals wieder von einem menschlichen Wesen betreten werden.

Teremun legte Feuer an die einfachen Hütten der Arbeiter und vergrub ihre Habe im Sand der Wüste.

Schon am nächsten Morgen sah man kein Anzeichen mehr, dass hier einmal Menschen über so viele Monate gelebt hatten.

Dann sprang das Mädchen auf ihr Kamel, nahm die anderen Tiere an einem Seil dazu und ritt davon, ohne einen einzigen Blick zurück.

Auf ihren trockenen schmalen Lippen den Namen ihres geliebten Vaters: „Echnaton, Echnaton, Echnaton."

BEANSTOCK – MORD AUF PARSLEY MANOR

ISBN: 978-3-752-87721-2
Auch als E-Book erhältlich

Beanstocks erster Fall: Ein untergetauchter Spion und eine geheimnisvolle Mordserie.

Auf dem Stammsitz der Baronets Parsley ereignet sich ein heimtückischer Mord. Der Butler Arthur Reginald Beanstock muss feststellen, dass die örtliche Polizei mit den Ermittlungen überfordert zu sein scheint.

Bald schon ereignet sich ein weiterer Mord. Und diesmal betrifft es den Haushalt seiner Herrschaft. Beanstock ermittelt und findet Hinweise auf eine Verschwörung, die ihn tief in die Vergangenheit zurückführt, als Spione noch die Lizenz zum Töten hatten und Cambridge nicht nur Studenten anlockte.

BEANSTOCK – DAS GÄNSEBLÜM-CHENKOMPLOTT

ISBN: 978-3-7481-1080-4
Auch als E-Book erhältlich

Beanstocks zweiter Fall: Eine Selbstmordserie in London und die geheime Dienstbotenverbindung Daisy Chain.

Ein unscheinbares Gänseblümchen dient der geheimen Verbindung *Daisy Chain* als Erkennungszeichen.
Als sich eine alte Freundin des Butlers Arthur Reginald Beanstock umbringt, ist es für den Butler der Baronets von Parsley eine Sache der Ehre, den Fall zu untersuchen.
Er kann sich nicht vorstellen, was die alte Nanny dazu getrieben haben könnte.
Er reist nach London und kommt wieder einmal einem verwickelten Fall auf die Spur.
Dann geschehen noch weitere Selbstmorde und selbst Inspector Morris von Scotland Yard glaubt nicht mehr an einen Zufall.

PETER SCOTT UND DIE LÖWEN VON ENGLAND

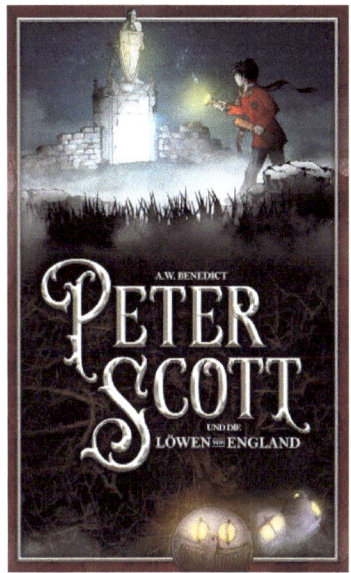

ISBN: 978-3-7481-7392-2 (Auch als Kindle E-Book erhältlich)

Ein Schüler an einem College in England, ein Tor in eine fremde fantastische Welt, ein mächtiger Gegner: Das neue Fantasyabenteuer rund um den jungen Peter Scott.

Ein einziger Augenblick stellt die gesamte Welt des jungen Peter Scott auf den Kopf. Eben noch ein Schüler unter vielen anderen im Witfield College wird er im nächsten Moment in ein Abenteuer hineingezogen, wie er es sich niemals hätte vorstellen können. Peters erstes Jahr an der Schule in England wird für ihn die spannendste und aufregendste Geschichte seines Lebens. Immer wieder trifft er auf Denkmäler mit steinernen Löwen.
Und warum ist sein Onkel Sam plötzlich nicht mehr auffindbar?
Peter muss etwas unternehmen. Für ihn und seinen besten Freund Alan öffnet sich eine fremde, fantastische Welt, die ihre kühnsten Träume übersteigt. Mithilfe neuer und alter Freunde muss er sich dem Kampf gegen einen mächtigen Gegner stellen.